Wilhelm R. Vogel

Bedroht in Albanien

Julius Wondraschek im Land des Adlers

Autor: Wilhelm R. Vogel
www.wrvogel.eu

Umschlaggestaltung: Lena Grafeneder

Lektorat/Korrektorat: Maria Deweis

Druck und Vertrieb im Auftrag der Autorin/des Autors:
Buchschmiede von Dataform Media GmbH, Wien
www.buchschmiede.com

ISBN

978-3-99125-490-4 (Paperback)

978-3-99125-491-1 (Hardcover)
978-3-99125-493-5 (eBook)

PRINTED IN
AUSTRIA

Besuche einmal im Jahr einen Ort,
den du noch nicht kennst.

Dalai Lama

Vorwort

Die Idee zu diesem Buch kam mir anlässlich einer Reise nach Albanien, in deren Verlauf ich die in dem Buch namentlich genannten Orte (und einige mehr) besuchen konnte. Vorweg sei angemerkt, dass Albanien ein wunderbares Reiseland mit einer teilweise sehr guten Hotelinfrastruktur und ausgesprochen freundlichen und hilfsbereiten Bewohnern ist. Vor allem die jüngeren Menschen sprechen gut Englisch, regional auch Griechisch und Italienisch.

Da mir das Land völlig fremd war, habe ich nach Büchern albanischer Schriftstellerinnen und Schriftsteller gesucht. Einige der Romane werden in diesem Buch vom Protagonisten Julius Wondraschek gelesen und finden im Text ausführlich Niederschlag. Diese Bücher haben meine Sicht auf das Land wesentlich beeinflusst. Interessierten kann ich deren Lektüre nur ans Herz legen.

Das Buch ist streng subjektiv. Die beschriebenen Personen der Reisegruppe sind frei erfunden. Sollten Sie Menschen kennen, die ähnlich geartet sind, so ist das der reine Zufall.

Ich bedanke mich bei meinen Mitreisenden, insbesondere bei Wolfgang und Andreas, welche die Route geplant haben. Viele Orte hätte ich sonst nicht gesehen. Andreas hat uns darüber hinaus nicht nur auf die Idee gebracht, die in dem Buch beschriebene Ausstellung des albanischen Künstlers Adrian Paci zu besuchen, sondern auch zwei Treffen mit dem Künstler organisiert. Wolfgang und Andreas haben sich die Zeit am Steuer geteilt, ihnen ist es zu verdanken, dass wir, trotz der abenteuerlichen Straßen bei unserem Ausflug nach Theth, die Rückreise nach Wien heil antreten konnten.

Am Ende des Buches finden Sie eine Skizze von Albanien, in der die Lage der wichtigsten im Buch beschriebenen Orte eingezeichnet ist. Ein Glossar findet sich im Anhang.

Ich bedanke mich bei meiner Tochter Lena Grafeneder, die wieder das Cover gestaltet hat, bei meiner Lektorin Maria Deweis für das bewährte Lektorat, bei meiner Schwester Uschi Vogel und bei Beate Dorau, die das Manuskript gelesen und mir wertvolle Anregungen gegeben haben, sowie bei meiner Familie, die immer wieder Verständnis für meine Schreibleidenschaft gezeigt hat.

Wien, im Sommer 2020

Julius Wondraschek, pensionierter Beamter, alleinlebend und übergewichtig, saß am Tisch seiner geräumigen Altbauwohnung, hatte den Kopf in die Hände gestützt und murmelte zornig vor sich hin.

„Der alte Orthopäde hatte doch recht. Eine Zeitlang geht es noch, hat er gesagt, aber der Weg ist klar: Wir gehen Richtung Titan. Und es wird nicht bei einem künstlichen Kniegelenk bleiben. Ich werde derer zwei benötigen. Mittelfristig. Das war vor fünf Jahren. Und jetzt ist es so weit. Ich bin gefangen, kann keinen Schritt machen und die Wohnung nicht mehr verlassen. Ein Jahr, nachdem man mir mit der Pensionierung meinen Beruf genommen hat, wird mir auch noch das Reisen verleidet. Jetzt, wo ich den höheren Sinn dieser mühseligen Ortsveränderung immer besser zu verstehen beginne."

In der Nacht war es losgegangen. Dann, beim Morgengrauen war er, gegen den immer stärker werdenden Schmerz kämpfend und ohne länger als jeweils ein paar Minuten geschlafen zu haben, aufgestanden, um sich in die Küche zu schleppen. Es war mit den ersten Bewegungen etwas erträglicher geworden, aber das Stechen im Knie hatte ihn den ganzen Tag begleitet. Jetzt, am frühen Nachmittag, saß er in seinem Zimmer und war unzufrieden mit sich und der Welt.

Julius schloss die Augen und atmete tief. Er formte mit den Händen eine Halbkugel, in die er hinein und aus der er heraus atmete. Vor langer Zeit hatte er die Erfahrung gemacht, dass ihm diese Technik helfen konnte.

Langsam wurde er ruhiger, sein Denken klarer und die Panik ließ nach. So schlimm war es auch wieder nicht. Er konnte, mit etwas Mühe freilich, seine Wohnung verlassen und die vier Stockwerke hinunterhumpeln. Den Weg zur nächsten Straßenbahn hatte er am Vormittag geschafft, genauso wie die gut 15 Minuten bis zur Buchhandlung. Er hätte auch ein Taxi nehmen können.

Andere konnten sich weit weniger bewegen. Außerdem könnte er abnehmen, dass würde seine Knie entlasten. „Was ist los mit mir?", knurrte er verärgert. Sein Knie hatte schon öfter geschmerzt, auch im vergangenen Herbst in Marokko. Dort hatte er es aber ignoriert und war zum Ausgleich öfter in ein Café gegangen, um sich zu erholen.

Warum war er so deprimiert? Er würde eben zum Orthopäden gehen. Der hatte ihm schon einmal geholfen. Vor fünf Jahren, als es so schlimm war, dass er kaum die Stockwerke zu seiner Wohnung hinaufsteigen konnte. Am Handlauf hatte er sich hinaufgezogen, damals. Da hatte er das linke Knie nicht einmal abbiegen können, jetzt schmerzte es bloß. In der Nacht war er wach gelegen und hatte sich bemüht, eine Stellung zu finden, in der er schlafen konnte. Auch das kannte er von früher.

Und im schlimmsten aller Fälle musste er sich eben operieren lassen. Die Erfolgschancen waren zwar nicht überwältigend, ein Knie schien weitaus komplexer zu sein als eine Hüfte, aber falls es nicht anders ging, würde er sich eben unter das Messer legen. Auch wenn er in seinem bisherigen Leben den Kontakt zu Ärzten vermieden hatte, wann immer es möglich war. Dass dieser Kontakt mit zunehmendem Alter oft nicht zu vermeiden war, hatte er zur Kenntnis genommen.

Noch vor 15 Jahren hätte er auf die Frage nach dem Hausarzt keine Antwort gewusst, jetzt begrüßte ihn die Sprechstundenhilfe mit seinem Namen. Auch das hatte sich geändert.

Er wechselte zu dem großen Fauteuil, der in der Ecke des Wohnzimmers stand. An drei der vier Wände reihte sich bis hoch hinauf Buch an Buch. Er betrachtete die Bücher als seine Freunde. Sie würde er lesen können, selbst wenn er einmal im Rollstuhl sitzen sollte. Vielleicht war das der Grund, warum er sich nie von einem Buch trennen wollte. Die Bücher waren seine Freunde und die lässt man nicht im Stich.

Es war düster. Konnte es am grauen, regnerischen Wetter liegen, dass er so deprimiert war? Jetzt, im September, würde das Grau ohnehin noch nicht lange halten. Fiel ihm die Decke auf den Kopf? Vielleicht musste er bloß weg. Irgendwohin. Julius griff zum Telefon.

„Maria, wir müssen weg!“

Maria lachte. „Gerne, ich bin dabei! Hast du eine Bank ausgeraubt, brauchst du einen Fluchtwagen?“

„Nein, aber mein Knie spinnt wieder einmal, und mir fällt die Decke auf den Kopf.“

„Verstehe ich gut. Wie schnell muss es sein? Noch diese Woche?“

„Nein, sobald ich weiß, dass wir wegfahren, werde ich mich mit der Destination beschäftigen. Das hilft.“

„Ich weiß noch etwas, das dir helfen wird.“

„Was?“

„Eine Therapie.“

„Das ist nicht dein Ernst!“

„Doch, und zwar fangen wir heute damit an. Gewissermaßen mit einer Paartherapie. Gemeinsam. 18 Uhr in der ‚Konoba'. Ich reserviere uns einen Platz."

„Das klingt vielversprechend. Maria, du kennst meine geheimsten Bedürfnisse."

„So geheim sind sie auch wieder nicht, aber abgesehen davon, wo möchtest du hinreisen?"

Julius sah auf die Weltkarte, die neben seinem Fauteuil hing.

Der Sommer ging dem Ende zu. Bald kam der Herbst, da wollte er nicht in den Norden. Des Lichtes wegen, die niedrigen Temperaturen störten ihn weniger. Im Gegenteil.

Also in den Süden. Und es sollte etwas sein, das er nicht kannte. Was war ihm fremd und dennoch nicht allzu weit weg? Sein Blick wanderte nach Kroatien und dann weiter, immer die Küste entlang.

„Maria, was hältst du von Albanien?"

„Eine gute Idee, und die ‚Konoba' passt dazu. Reden wir dort weiter."

Julius dachte an Maria. Nach einer gescheiterten Ehe hatte er nicht mehr damit gerechnet, jemanden zu finden, der ihn ertrug, so wie er war: Alt, oft grantig und ungeheuer neugierig, wie er sich mit einiger Koketterie selbst definierte. Aber dann war sie einfach da gewesen, die Uniprofessorin, die ebenfalls alleine geblieben war, und deren Neugier genauso grenzenlos war wie die seine. Ihr Spezialgebiet war das Verhalten von Spinnen, aber ihr Interesse schloss den Rest der Welt mit ein.

Es war vier Uhr nachmittags. Er würde etwa eine halbe Stunde bis zu dem dalmatinischen Restaurant brauchen. Julius versuchte aufzustehen. Das ging besser als vorhin. Wenn man ein Ziel hat, geht so manches leichter.

Er schlurfte zu seinen Bücherregalen. Viel Literatur über Albanien hatte er sicher nicht. Ganz oben standen die Bücher seiner Kindheit. Es war einer der Vorteile der Wiener Gründerzeitbauten, dass man an den hohen Wänden viele Bücher unterbringen konnte. Julius holte die Leiter. *Karl May* – ‚Durch das Land der Skipetaren'. Das würde er zum Einstieg lesen, auch wenn *Karl May* dort genauso wenig gewesen war wie an den anderen Schauplätzen seiner Schriften.

In seiner Jugend hatte Julius diese Romane verschlungen. So an die vierzig Bände hatte er damals besessen, in einer edlen Ausgabe vom ‚Buchclub Donauland' – grünes Leinen mit Goldprägung auf rotem Grund. Seine Großmutter hatte sie ihm nach und nach geschenkt, glücklich darüber, für alle Anlässe, an denen er zu beschenken war, etwas zu haben, das leicht zu besorgen war und ihm Freude bereitete.

Später, so mit dreißig, hatte er wieder einmal eines der Bücher zu lesen versucht, aber nichts mehr damit anfangen können. Die meisten besaß er noch, bloß einige der Bekanntesten hatte er verschenkt. Die ‚Winnetous', den ‚Ölprinzen' und den ‚Schatz im Silbersee' hatte der Sohn seiner Nachbarin bekommen.

Albanien, warum hatte er bisher nie daran gedacht, nach Albanien zu reisen?

Für eine kurze Recherche blieb noch ausreichend Zeit. Er fuhr den Laptop hoch.

Albanien war die Nation der Bunker. 200.000 sollte es davon geben, nach anderen Quellen dreimal so viel. So oder so, reichlich für ein Land mit weniger als drei Millionen Einwohnern.

Julius fragte sich, wie es sein konnte, dass in einem Land, in dem von der Regierung der Bau von Bunkern derartig forciert worden war, deren Zahl je nach Quelle so variierte. Es musste doch Beamte gegeben haben, auch im kommunistischen Albanien. Und zweifellos hatten diese die Zahl der Wehranlagen genau gekannt und dokumentiert. Die Bunker waren wohl kaum in Eigenregie im eigenen Garten gebaut worden. Und selbst dann wäre in einem Land, dessen Geheimpolizei den Anspruch hatte, alles zu wissen, auch das aktenkundig geworden.

Die Geschichte Albaniens erschien ihm im höchsten Ausmaß verwirrend. An der Grenze zwischen Orient und Okzident gelegen, war das Land den unterschiedlichsten Einflüssen ausgesetzt gewesen, die alle ihre Spuren hinterlassen hatten.

Julius las sich in einem Beitrag über die Blutrache fest, die strengen Ritualen unterworfen war und offenbar noch immer eine Rolle spielte. Er hatte von dieser speziellen Form noch nie gehört. Für ihn war Blutrache ein Krieg zwischen Clans, das assoziierte er mit Sizilien, Kreta oder mit Korsika. Aber die Blutrache nach den Regeln des Kanuns war offenbar noch komplexer. Sie war bis ins kleinste Detail geregelt und streng formalisiert. Man konnte ihr nicht entkommen. Nicht als Opfer und seltsamerweise auch nicht als Täter. Ganze Familien, so hatte er gelesen, hatten auf diese Weise sämtliche Männer verloren. Dann musste eine Frau die Herrschaft übernehmen – als geschworene Jungfrau, die sich wie ein Mann kleidete und wie ein Mann trank und rauchte. Von den Männern wurde diese als ihresgleichen betrachtet und von den Frauen wurde sie wie ein Mann behandelt. Sex war jedoch tabu.

Es gab einen albanischen Autor, der in seinem Roman diese Regeln ausführlich beschrieb. *Ismail Kadare*, so las er, erzählte in seinem Werk ‚Der zerrissene April' von einem Mann, der zur Blutrache verpflichtet war und dieser Verpflichtung nicht entgehen konnte. Das Buch musste er unbedingt lesen!

Dieser Schriftsteller, so fand er heraus, war der bekannteste albanische Autor der Gegenwart. Und er hatte auch einige andere Bücher verfasst, die sich Julius, kaum hatte er über deren Inhalt gelesen, unbedingt besorgen wollte.

Bei seinen Recherchen zu den geschworenen Jungfrauen stieß er auf das Buch ‚Hana' von *Elvira Dones*, einer albanischen Schriftstellerin, dessen Beschreibung seine Fantasie anregte. Ein anderes Geschlecht zu leben als das, mit welchem man geboren worden war und mit dem man sich identifizierte, stellte er sich extrem frustrierend vor. Ähnlich, sagte er sich, wie bei den Menschen, die sich einem anderen Geschlecht als dem ihres Körpers zugehörig fühlten.

Julius schrieb seinem Buchhändler eine Liste mit seinen Wünschen, wie er es zumindest einmal im Monat tat. Diesmal war seine Wunschliste allerdings etwas länger. Der Buchhändler erhielt die Liste stets per E-Mail und bestätigte das Eintreffen der Bücher mit einer SMS. Sobald das erste Buch eintraf, würde Julius informiert werden. Der Buchhändler war verlässlich, Julius würde keine Zeit verlieren.

Die meisten bestellten Bücher waren von *Ismail Kadare*. Obwohl der Autor der bekannteste Schriftsteller

Albaniens war, hatte Julius bisher noch nie von ihm gehört. Wir wissen viel zu wenig über den Balkan, dachte er, ein faszinierendes Gebiet mit einer abwechslungsreichen Geschichte und einer lebendigen Kultur. Aber alles, was man davon im heutigen Österreich mitbekam, waren die politischen Probleme auf der einen und die Urlaubsmöglichkeiten auf der anderen Seite.

Vor Jahren hatte er einmal Sarajewo besucht, knapp nach dem Krieg, und die Spuren der Verwüstung waren noch überall sichtbar gewesen. Er konnte sich gut daran erinnern, wie ihn damals das Nebeneinander der verschiedenen Kulturen fasziniert hatte. Kirchen und Moscheen, Friedhöfe aller Glaubensrichtungen sowie eine Buchhandlung, die ein Café war, und umgekehrt. Von dieser kulturellen Vielfalt wurde in Wien bestenfalls die Musik wahrgenommen.

Ihm fiel ‚Die Brücke über die Drina' ein, in der *Ivo Andric* die bewegte Geschichte der Menschen beiderseits der Brücke über einen Zeitraum von mehreren Jahrhunderten erzählte. Das Buch hatte ihn vor ein paar Jahren gefesselt. Würde man ihm jedoch die Aufgabe stellen, auch nur fünf weitere Autorinnen oder Autoren aus Bosnien oder Serbien aufzuzählen, so wäre das Scheitern vorprogrammiert. Das Gleiche galt für die meisten anderen Länder Osteuropas, abgesehen von den deutschsprachigen Autoren Österreich-

Ungarns. Wie einfach wäre es für ihn, Schriftsteller aus dem Westen Europas zu nennen. Und Schriftsteller aus Russland. Klar, die waren großartig. Julius liebte es, in die unendlichen Beschreibungen der Befindlichkeit von Personen, Gesellschaften und Landschaften einzutauchen. Aber aus dem übrigen Osten? War die Literatur dort weniger großartig? Der Eiserne Vorhang war Geschichte, aber in den Gehirnen der Menschen existierte er weiter.

Trotz der gemeinsamen Vergangenheit war der ‚Osten' immer noch weit entfernt. Dass viele Gebiete dieses ‚Ostens' von Wien aus gesehen im Norden und im Süden lagen, war eine andere Sache. Julius fiel auf, dass ihm ausschließlich Schriftsteller in den Sinn kamen, wenn von der osteuropäischen Literatur die Rede war. Aber in der Zeit, an die er dachte, hatten es wohl auch dort einige wenige Frauen zu schriftstellerischen Ehren gebracht. Von der zeitgenössischen russischen Literatur hatte er ebenfalls keine Ahnung. Er recherchierte kurz im Internet: *Tschingis Aitmatow*. Dessen ‚Schneeleoparden' hatte er gelesen. Aber *Aitmatow* war aus Kirgistan. Julius hatte einmal dessen Hauptstadt Bischkek besucht. 90 Prozent des Landes lagen über 1.500 Meter Seehöhe. Die höchsten Berge erreichten fast 7.500 Meter. Österreich war dagegen flach. Der Autor hatte jedoch vor allem in Russisch geschrieben, daher wurde er in dem Artikel der russischen Literatur zugeschlagen, auch wenn viele Werke nach der Unabhängigkeit geschrieben worden waren. Die Grenzen verliefen auch hier fließend.

Die Bücher, die er bestellt hatte, müssten in drei bis vier Tagen abholbereit sein, bis dahin konnte er sich weiter im Internet informieren und seinen *Karl May* lesen.

Wie konnte es sein, fragte er sich aufs Neue, dass ihm der Großteil dessen, was er in der letzten Stunde recherchiert hatte, völlig unbekannt war? So weit lag Albanien nicht entfernt. 800 Kilometer, etwas mehr als eine Stunde mit dem Flugzeug. Er suchte einen Vergleich. Nach Paris waren es über 1.000 Kilometer Luftlinie.

Langsam wurde es Zeit, Maria zu treffen. Deutlich besser gelaunt machte er sich auf den Weg. Er hatte beschlossen, die ganze Strecke zur ‚Konoba' zu Fuß zu gehen. Als Training für Albanien.

Die Treppen waren mühsam. Abwärts war immer schwieriger als aufwärts. Teilweise musste er verkehrt die Stiegen hinuntersteigen, aber unten angelangt ging es besser. Leichter Nieselregen empfing ihn. Vielleicht war das ein Grund dafür, dass die Schmerzen im Knie stärker geworden waren. War das nicht früher bei den alten Leuten genauso gewesen, dass diese immer über das Wetter jammerten, weil sie das Reißen bekamen und alte Narben schmerzten? Er hatte das damals nicht ernst genommen.

„Wo gehen Sie hin?“, fragte ihn ein älterer und nicht mehr ganz nüchterner Passant – offenbar, um ins Gespräch zu kommen. Der Mann hatte ein zerfurchtes Gesicht, einen grauen, struppigen Bart, aber wasserklare Augen. Er trug ein Sakko mit einem Pullover darunter, und er trug es in der Art, wie es bei den alten Männern vom Balkan und in der Türkei üblich war. Julius konnte nicht sagen, woran er das erkannte. Vielleicht lag es an der Mütze, die auch im Sommer einfach dazugehörte.

„Nach Albanien!“ Julius hatte keine Zeit für Smalltalk.

„Aber das ist doch etwas weit zum Gehen.“ Der Alte lächelte.

„Na ja, ich könnte bis Rijeka wandern und dann mit dem Schiff nach Durrës übersetzen. Nein, Sie haben recht, das wäre zu weit. Ich verreise erst in ein paar Wochen und dann mit der Bahn oder mit dem Flugzeug.“

„Lassen Sie Durrës von mir grüßen.“

„Kennen Sie die Stadt?“

„Nein, ich war nie dort, obwohl wir in der Nähe gelebt haben, das war im heutigen Kosovo. Aber wir durften damals nicht rüber. Eine schöne Reise, wie immer Sie hinkommen."

„Danke, und ich werde in Durrës, falls ich es bis dorthin schaffe, ein Glas auf Ihr Wohl trinken."

Der Mann bedankte sich und ging langsam seines Weges, auch er hinkte etwas. Julius empfand eine gewisse Befriedigung darüber, dass er sich den Namen der albanischen Hafenstadt gemerkt hatte. Durrës war auf der Karte neben seinem Fauteuil vermerkt, dennoch war der Ort für ihn bisher ohne Bedeutung gewesen. Reisen bildet, dachte er, und das beginnt in dem Augenblick, in dem man sich auf eine Destination festlegt. Außerdem war ihm soeben bewusst geworden, dass es in Wien zahlreiche Menschen gab, die in dieser Gegend aufgewachsen waren und denen diese etwas bedeutete. Österreich und der Balkan hatten nicht nur eine gemeinsame Geschichte, es gab auch eine gemeinsame Gegenwart. Die Menschen waren mobil geworden, Europa wuchs immer mehr zusammen. Hätte er mehr Zeit gehabt, hätte er von dem alten Mann sicher einiges lernen können.

Er versuchte schneller zu gehen. Seine Freundin Maria würde vor ihm dort sein, sie gehörte zu den Menschen, die meist vor dem vereinbarten Zeitpunkt eintrafen, Julius war auch einer von ihnen. Normalerweise, aber an diesem Tag würde er sich verspäten.

Sein Knie machte sich mit jedem Schritt deutlicher bemerkbar, gelegentlich knickte er ein. Julius biss die Zähne zusammen. Es war nicht mehr weit.

Erleichtert, aber mit Schweißperlen auf der Stirn, öffnete er die Tür und navigierte sich mühsam zwischen den Tischen hindurch in das Zentrum des Restaurants. Das Lokal war gut besucht. Der verführerische Duft von Knoblauch und gegrilltem Fisch stieg ihm in die Nase. Auf einer schwarzen Tafel fand er, mit Kreide geschrieben, die Spezialitäten des Tages und die angebotenen Weine.

Julius sah sich um. Maria saß an einem kleinen Tisch am Rande des Gastraumes, hatte ihn schon gesehen und hob zur Begrüßung das Glas mit dem Martini, den sie als Aperitif gewählt hatte.

„Was ist denn mit dir los?", fragte sie besorgt. „Wir reden zwar schon länger darüber, dass wir wieder einmal weiter wegfahren, aber dass es so dringend ist, war mir nicht bewusst."

„Maria, was soll ich dir sagen?" Er breitete in einer theatralischen Geste der Verzweiflung seine Hände aus und richtete seine Augen nach Worten ringend zur Decke. „Mein Knie schmerzt, ich kann kaum noch gehen. Ich leide schrecklich. Und ich gestehe, ich bin wehleidig und habe heute so richtig gejammert, ohne Publikum zwar, aber immerhin."

„Du und dich gehen lassen, das wäre etwas Neues. Und wie war es? Ich kenne das nicht."

„Maria, es war eine neue Erfahrung. Ich habe erkannt, dass Leiden auch etwas mit Genuss zu tun haben kann. Nicht ein richtiges Leiden, mit starken Schmerzen und so, sondern ein bisschen Leiden, mit mäßigen Schmerzen. Das kann aber ausreichen, sich als der ärmste Mensch auf der Welt zu fühlen. Das war vielleicht der süße Schmerz, von dem in der Literatur immer wieder zu lesen ist. Zum ersten Mal habe ich Mathilda, meine Ex-Frau, verstanden. Nur für Sekundenbruchteile, aber immerhin. Dann hat es mir aber auch schon gereicht. Andere mögen zum Leiden geboren sein, ich nicht! Darum habe ich dich angerufen."

„Der katholische Zugang zum Leiden ist mir ja verwehrt, das ist, zumindest was die Theorie betrifft, dein Metier. Aber ich kenne das vom Liebeskummer in der Pubertät. Wir Mädchen haben damals darum gestritten, wer mehr litt. Das ist aber lange her."

„Bei uns Buben war das anders. Liebeskummer war nicht ‚cool', oder ‚lässig', wie wir damals gesagt hätten. Damit konnte keiner punkten. Das machte man ausschließlich mit sich aus, daher gibt es bei

Burschen kaum kollektive Erfahrung. Früher war das anders, aber *Goethe* ist schon lange tot und der Junge Werther, schon so alt, dass ihn niemand mehr lesen möchte. Ich weiß, dass es in der Geschichte sogar Ansätze zur Quantifizierung der Trauer bei Begräbnissen gegeben hat. Das waren Tränenkrüglein, deren Inhalt man vergleichen konnte. ‚Messen, was messbar ist, und messbar machen, was noch nicht messbar ist' – so gesehen hätte der alte Galilei seine Freude an den Krügen gehabt."

Maria unterbrach ihn. „Julius, wie fühlst du dich jetzt? Ich habe schon angefangen, mir ernsthaft Sorgen zu machen." Sie sah ihren Freund prüfend an.

„Ach das Leben ist wunderbar, auch wenn mich mein Knie schmerzt. Für den Körper schaue ich, dass ich schnellstmöglich einen Termin beim Orthopäden bekomme, und darüber hinaus werde ich bei dir Trost suchen. Notfalls brauche ich auch noch ein paar derartige Therapiestunden. Aber meine Seele braucht dringend eine Reise."

„Hast du Schmerzmittel genommen?"

„Nein, aber ich werde es tun. Und zwar werde ich mit einem trockenen Sherry beginnen, zum Fisch einen jungen Debit einnehmen und danach mit einem etwas älteren Plavac weitermachen. Zum Abschluss überlege ich mir etwas Höherdosiertes, vielleicht nehme ich einen Slibowitz."

„Ich werde mit einem Travarica abschließen, für den Fall, dass das Essen doch etwas fett sein sollte. Aber warum meinst du, dass es deinem Knie in der Ferne besser geht?"

„Das Knie wird nicht besser, und ich kann eben keine längeren Wege mehr gehen, auch nicht in der Ferne. Aber ein Ziel zu haben verbessert meinen Gemütszustand gewaltig – und es vergrößert auch meine Motivation, die Anweisungen des Orthopäden zu befolgen."

Julius wählte marinierte Sardellen mit Zwiebeln und Maria einen Oktopus als Vorspeise. Für den Hauptgang bestellten sie Wolfsbarsch und Seeteufel, beide gegrillt und mit Mangold sowie Erdäpfeln als Beilage. Sie aßen schweigend, wie sie es gewohnt waren. Auf ein Dessert verzichteten sie.

Beim Schnaps fragte Maria: „Du hattest es doch früher nicht so mit dem Reisen?"

Julius hob sein Glas in Richtung Kellner. Dieser verstand die Geste und kam mit der Schnapsflasche, um nachzufüllen.

„Du hast mich angesteckt. Ich brauche gelegentlich etwas Neues, mit dem ich mich auseinandersetzen und das ich erforschen kann. Ohne Job ist das nicht so einfach. Und du hast mir gezeigt, dass Reisen das bieten können."

„Albanien würde dir gefallen?"

„Es ist nicht allzu weit weg und ich hatte keine Ahnung von dem Land. Jetzt, wo ich mich, wenngleich nur oberflächlich, damit befasst habe, bin ich hellauf begeistert. Es ist mir völlig unverständlich, dass ich noch nie dort war und nichts darüber weiß. Aber ich werde es nachholen und, noch bevor wir hinfahren, viel über das Land lesen."

„Wie ich dich kenne, hast du bereits im Internet recherchiert und schon eine Menge Bücher bei deinem Buchhändler geordert."

„Natürlich! Jede Reise beginnt in einer Buchhandlung und neuerdings auch im Internet. Weißt du, dass es in Albanien etwa 200.000 Bunker gibt, und dass sich Frauen als Männer deklarieren und dann tatsächlich als solche gelten? Die nennt man dann geschworene Jungfrauen. Das Land war lange Zeit – bis etwa 1990 – völlig isoliert und ist daher vermutlich nicht nur mir fremd. Außer, dass ich als Jugendlicher ein bisschen Radio Tirana gehört habe, auf Kurzwelle versteht sich. War recht spannend damals, ich habe mit Pfeil und Bogen einen dünnen Draht zu einem Baum vor meinem Fenster gespannt. Mit einer derartigen Antenne schaffte ich einen brauchbaren Empfang. Empfohlen war eine Drahtlänge von zumindest einem Viertel der angestrebten Wellenlänge. Ich kam auf etwas über 10 Meter, das passte gut für das 50-Meter-Band. Soweit ich mich erinnern kann, haben die Albaner dort gesendet.

Leider hatte meine Mutter eine panische Angst vor Gewittern und beim leisesten Anzeichen von Regen hat sie die Antenne eingerollt. Die Sendung war in deutscher Sprache. Verstanden habe ich dennoch nichts, ich habe ja ohnehin nicht richtig zugehört. Der bloße Empfang des Senders reichte mir, wie auch meinen kurzwellenbegeisterten Klassenkameraden.

Wenn ich mich recht erinnere, hat Radio Peking den albanischen Sender als Relaisstation benutzt. Radio Peking zu empfangen war damals für mich eine Sensation, auch wenn der Sender stark und leicht zu finden war."

Julius machte eine kurze Pause, um dem Kellner zu winken, diesmal war es Marias Glas, welches gefüllt werden wollte.

„Wie sieht es mit deinen Vorlesungen aus?"

Maria, die auch im Ruhestand Vorlesungen hielt, machte eine wegwerfende Handbewegung.

„Überhaupt kein Problem. Die blocke ich ohnehin."

„Und die Destination?"

„Passst perfekt. Und mit deinen geschworenen Jungfrauen hast du mich neugierig gemacht. Wir könnten uns vor Ort ein Auto ausborgen. Oder wir versuchen es noch einmal mit einer Gruppenreise. Um einen Überblick zu bekommen, finde ich diese Reisevariante ideal. Wenn es uns dort gefällt, dann müssen wir eben nochmals hin. Wir borgen uns einen Jeep aus und fahren dorthin, wo es uns am besten gefallen hat. Ich gehe auf Spinnenjagd und du setzt dich mit deinem Klappfauteuil und einem Koffer voll mit Büchern unter einen Baum. Zum Hinfahren sollten wir die Bahn nehmen, du weißt schon, wegen des Klimaschutzes."

Wieder daheim recherchierte Julius im Internet. Demnach gab es in Albanien nur wenige inneralbanische Bahnlinien, die alle in Durrës – wieder diese Hafenstadt – ihren Ausgang nahmen und von dort nach Norden, nach Süden und ins Landesinnere führten. Internationale Verbindungen gab es offenbar keine. Auf den Fotos sahen die Züge abenteuerlich aus, waren mit Graffiti übermalt und befanden sich in allen Stadien des Verfalls. Gelegentlich wurde der Betrieb eingestellt, las er. Wenn die Bahn fuhr, so tat sie das mit einer Geschwindigkeit von nicht mehr als 40 Stundenkilometern. So reizvoll eine Reise mit der alten

Bahn sein mochte, für die Anreise kam sie nicht in Frage.

Ein Linienbus fuhr täglich von Wien nach Tirana. Damit wären sie jedoch länger als 24 Stunden unterwegs. Er verwarf auch diese Möglichkeit. Diese Zeit wäre im Zug, notfalls und mit sehr viel gutem Willen, auszuhalten, schließlich hatte er auch schon von einer Fahrt mit der Transsibirischen geträumt. Aber für eine Busfahrt war das zu lange. Dafür fühlte er sich schon zu alt. Übergewicht, schmerzende Gelenke und ein häufiger werdender Harndrang standen dem entgegen. Sie würden wohl mit dem Flugzeug anreisen.

Im Reisebüro gab es eine angenehme Überraschung. Man hatte eine passende Gruppenreise im Angebot. Abflug Ende Oktober und elf Tage vor Ort. Die Reise begann mit einem Flug nach Tirana, dort würde man einige Zeit verbringen, danach in einem kleinen Reisebus durch das Land fahren und erneut nach Tirana zurückkehren. Nicht mehr als 18 Personen würden es sein. Das klang vielversprechend.

Die nächsten Wochen verbrachte Julius mit den Reisevorbereitungen und mit der Pflege seines Knies. Der Arzt hatte ihm eine Hyaluronsäure-Behandlung und neue Einlagen für die Schuhe verschrieben. Auf Empfehlung seines Orthopäden ging Julius sogar in ein Fitnesscenter, um seine Beinmuskeln zu trainieren. Der jugendliche Trainer empfahl ihm zwei Geräte: Ein

Fahrrad, auf dem man bequem zurückgelehnt treten konnte und eine Maschine, mit der man, liegend und beidbeinig, eine Platte wegschieben musste. Das passte mit dem zusammen, was der Arzt gesagt hatte, und der Aufwand war vertretbar.

„Nehmen Sie sich Musik mit", meinte der junge Mann, „sonst wird das Radfahren bald entsetzlich langweilig."

„Da bräuchte ich aber irgendein Abspielgerät, einen Walkman oder so etwas Ähnliches."

„Haben Sie ein Smartphone?"

Julius nickte.

„Dann können Sie die Musik auf das Handy laden."

Daran hatte er nicht gedacht. Er kopierte zwanzig seiner liebsten CDs auf den Laptop und übertrug die Dateien auf das Handy. Das war auch für ausgedehnte Spaziergänge, falls er zu denen jemals wieder in der Lage sein sollte, ideal. Bei langen Busfahrten konnte er sich damit ebenfalls die Zeit vertreiben.

Am Abend nach seinem ersten Training begann Julius *Karl May* zu lesen, stellte aber zu seiner Enttäuschung fest, dass die Handlung, wenn er die Ortsnamen richtig interpretierte, in der Umgebung von Skopje, also im heutigen Nord-Mazedonien, spielte.

Der Inhalt war im Großen und Ganzen wie gewohnt. Der neunmalkluge Deutsche war den Einheimischen sowohl im Wissen als auch körperlich und moralisch um Welten überlegen, und er beherrschte alle relevanten Sprachen perfekt, sodass er für einen Landsmann gehalten werden konnte. Seine Gegner hassten und seine Gefährten bewunderten ihn grenzenlos.

Wie hatte er daran bloß jemals Gefallen finden können? Jetzt lag der Text für ihn weit jenseits der Grenze des Erträglichen. Aber er hatte sich vorgenommen, das Buch zu lesen, und so quälte er sich durch.

Auch wenn sich Julius mit der Zeit etwas an den Stil der Erzählung gewöhnt hatte, atmete er auf, als er endlich bei der letzten Seite angelangt war. Informationen über das Land, Beschreibungen der Landschaft und - abseits der dümmlichen Klischees - der Menschen, die dort lebten, hatte er in dem Buch nicht gefunden. Das hätte er wissen müssen, dennoch war er etwas enttäuscht.

Es war schon lange nach Mitternacht, als er das Buch aus der Hand legte. Sein Knie schmerzte noch mehr als sonst, er hatte im Fitnesscenter übertrieben. Typisch Anfänger, würde Maria sagen. Anders als er, machte sie seit Jahren Krafttraining. Gegen eine Osteoporose, wie sie betonte, auch wenn bislang kein Arzt dafür Hinweise gefunden hatte.

Aus lauter Begeisterung darüber, dass er, anders als mit den Armen, mit seinen Beinen relativ große Gewichte bewegen konnte, hatte er sich im Fitnesscenter zu sehr verausgabt. Das hatte er jetzt davon! Die nächste Woche war an ein Training nicht zu denken.

Auch auf die übrigen Bücher von *Karl May*, von denen mehrere in dieser Region spielten, würde er verzichten.

Auf dem Weg vom Buchhändler kam Julius wenige Tage später bei einem Geschäft vorbei, in dem Hilfsmittel für alte, kranke oder behinderte Menschen angeboten wurden. Offenbar verkaufte man dort auch Gehstöcke. Spazierstöcke waren vor langer Zeit ein Modeartikel gewesen. Der elegante Mann von Welt trug sie, auch wenn er keiner Stütze bedurfte. Vielleicht würde so ein Stock helfen?

In der Zeit, in der er darauf wartete, bedient zu werden, überlegte er, ob der Ausdruck ‚behindert' mittlerweile nicht auf der von der Political Correctness verbotenen Liste stand. Menschen mit besonderen Bedürfnissen war eine gängige Alternative. Zählte er jetzt auch dazu? Irgendwie schon, dachte er irritiert.

Er versuchte, diesen Begriff auf sich anzuwenden, scheiterte aber. Sein abgenütztes Knie war zweifellos beim Gehen hinderlich, doch zu sagen, dass er ein besonderes Bedürfnis nach einem Gehstock habe, wurde dem nicht gerecht. Auch nach einem Lift hatte er kein besonderes Bedürfnis, er wollte einfach gehen, weil er immer gerne gegangen war. Noch nie war ihm das so bewusst gewesen. Nicht nur, um von einem Ort zum anderen zu kommen - das natürlich auch, und dafür waren Hilfsmittel, wie Bus und Lift hilfreich oder notwendig. Aber es war vor allem die Tätigkeit an sich, die er schätzte. Das Gehen war für ihn eine Art Meditation, bei der man jedoch mit seiner Umwelt in Wechselwirkung trat.

Julius erkannte, dass es für ihn zwei Aspekte der Behinderung gab. Einen, mit dem er sich abzufinden hatte. Wenn er nicht mehr gehen konnte, konnte er eben nicht mehr gehen - sofern die Medizin keine Lösung wusste. Der zweite Aspekt betraf die Konsequenzen aus dem Umstand, dass er nicht mehr so einfach dorthin konnte, wo er hinwollte. Hier gab es Mittel und Wege, ihn beim Gehen zu unterstützen oder diese Art der Fortbewegung zu ersetzen. Diese begannen bei einem einfachen Stock und reichten über einen Rollstuhl bis hin zum Lift, zu den Unterflur-Straßenbahnen und zu den diversen Services, welche die Stadt zu bieten hatte. Auf das ‚Essen auf Rädern' würde er aber gerne noch lang verzichten. Julius liebte es, zu kochen.

Unangenehm berührt erblickte er einen Stapel mit Windeln. Der Größe nach waren diese für Erwachsene bestimmt. Bei bettlägerigen Menschen hatte Julius das gelegentlich gesehen, aber vermutlich wurden sie auch von mobilen, vielleicht sogar aktiv sportlichen Menschen, benutzt. Eine Prostataoperation, bei der etwas schiefgegangen war, konnte dafür bereits ausreichen. Würde er genug Selbstbewusstsein haben, um damit umzugehen, oder würde er sich daheim verkriechen, wenn es einmal so weit wäre?

Es gab auch Zwischenstufen. Leute, die keine Windeln benötigten, sondern bloß nahe gelegene Toiletten. Gab es sie in ausreichender Dichte, dann waren diese Menschen nicht behindert. Gab es sie nicht, mussten sie vielleicht sogar daheimbleiben. Öffentliche Toiletten gab es in Wien immer weniger, zumindest hatte Julius diesen Eindruck. Auch öffentliche Sitzgelegenheiten schienen weniger zu werden.

Hatte man genug Geld, konnte man öfter in ein Lokal gehen und dort die Toilette aufsuchen oder sich wegen eines schmerzenden Knies ausruhen, ohne Geld war selbst das nicht immer einfach. In diesem Fall war die Behinderung eine Frage des verfügbaren Budgets.

Mit dem hervorragenden Netz der öffentlichen Verkehrsmittel in Wien, einer Netzkarte und genug Geld für ein gelegentliches Taxi und einen Kaffeehausbesuch zur Erholung, würde er sich trotz seines lädierten Knies noch lange bewegen können. Notfalls musste er die Wohnung wechseln. Auch das war möglich. Aber ohne finanzielle Mittel sah all das ganz anders aus.

Jetzt verstand er den Satz, den er vor vielen Jahren einmal gehört hatte: ‚Man ist nicht behindert, sondern man wird behindert.' Dort, wo es eine entsprechende Infrastruktur gab, waren die negativen Auswirkungen einer Behinderung limitiert und führten nur selten zur völligen sozialen Ausgrenzung.

Julius war sich dieser beiden Seiten einer Behinderung nicht so bewusst gewesen. Des medizinischen Aspektes schon, der war offensichtlich, nicht aber des gesellschaftlichen.

„Wie schwer sind Sie?", fragte die zierliche Verkäuferin, als sich der Stock, den sie ihm zum Probieren überreicht hatte, gefährlich bog.

„120 Kilo", antwortete Julius wahrheitsgemäß. Die zarte Person sah aus, als wären bereits 80 Kilogramm jenseits ihrer Vorstellungswelt, aber sie wusste, was zu tun war und brachte einen kräftigeren Stock. Julius nahm das Modell, das genauso aussah wie das vorhergehende, aber deutlich schwerer war. Maximalgewicht 235 Kilogramm las Julius auf dem angehefteten Zettel. Das würde jedenfalls reichen. Bei der Typenbezeichnung stutzte er: Heavy metal. Das klang vertraut, wenn auch in einem anderen Zusammenhang. Auf der Rückseite des Zettels stand ‚Gebrauchsanweisung'. Julius riss den Zettel ab und steckte ihn ein. Gebrauchsanweisung für einen Stock? Geht's noch?

Da das linke Knie schmerzte, nahm Julius den Stock in die linke Hand, um das Gelenk zu entlasten. Das funktionierte jedoch nicht, bis er dahinterkam, dass man den Stock in die gegenüberliegende Hand nehmen musste.

Zu Hause angelangt, warf er einen Blick auf die Anleitung. ‚Der Stock wird gegenüber dem zu schonenden Bein getragen', las er. Ich hätte jeden ausgelacht, der mir erzählt, ich brauche für einen Stock eine Anleitung, dachte Julius. Er würde die Gehhilfe nach Albanien mitnehmen. Beim normalen Gehen fand er den Stock weniger hilfreich, aber bei Besichtigungen konnte er damit sein Knie entlasten. Dieses langsame Dahinschlendern war für ihn immer schon belastender gewesen als ein flottes Marschieren. Nur das Gehen durch ein Einkaufszentrum war noch schlimmer. Der Stock passte, zusammengeschoben, in den Koffer.

Bevor er ihn weglegte, wog er ihn noch einmal in der Hand. Das Ding war schwer. Sollte man ihn überfallen, wäre es sogar als Waffe geeignet.

Daheim setzte sich Julius in seinen bequemen Sessel und betrachtete wohlwollend die erworbenen Bücher. Eines nach dem anderen nahm er in die Hand und strich mit den Fingern über den Einband. Bücher hatten für ihn etwas Magisches. Beim Lesen erweckten sie die Person, welche den Text geschrieben hatte, zu neuem Leben. Und das selbst dann, wenn diese schon jahrhundertelang tot war. Ein Buch baut Brücken zu den Gedanken anderer Menschen. Auch über die Zeit hinweg. Er dachte an die ‚Selbstbetrachtungen' des römischen Kaisers Mark Aurel, die er zu Beginn seines Ruhestandes gelesen hatte. Auch wenn diese Texte vor fast 2.000 Jahren geschrieben worden waren, erschienen ihm die Gedanken des Mannes weitaus klarer und seinen Vorstellungen näher, als es so mancher politisch-philosophischer Text der Gegenwart war.

Julius freute sich darauf, die vor ihm liegenden Werke zu lesen. Ohne die geplante Fahrt nach Albanien hätte ihn diese Lektüre kaum so sehr interessiert. Jetzt brannte er darauf, sich damit zu beschäftigen. Wie Reisen, so war auch das Lesen von Büchern mit Erkenntnisgewinn verbunden. Reisen macht Lust auf neue Bücher, wie auch Bücher Lust auf neue Reiseziele machen.

Julius hatte erst vor kurzem erkannt, wie wichtig ihm das Reisen war. Seine dienstlichen Tätigkeiten, die ihn quer durch Europa geführt hatten, hatten lange Zeit seinen Bedarf nach Ortsveränderung gedeckt. Diese Reisen hatten überdies eine besondere Qualität, weil er dabei stets mit Kolleginnen und Kollegen aus den bereisten Ländern in Kontakt gekommen war. In den letzten Jahren vor der Pensionierung waren die Dienstreisen allerdings immer weniger geworden, und privat hatte er anfangs kaum Lust dazu gehabt.

Erst seit seiner Pensionierung und der Erkenntnis, dass er auch daheim in seinen vier Wänden nicht sicher war[1], hatte er auch privat wieder mehr zu Reisen begonnen. Vor knapp einem Jahr war er mit Maria in Marrakesch gewesen[2], dazwischen hatte er zahlreiche kleinere Ausflüge in die Umgebung unternommen. Albanien war wieder etwas Neues. Maria war immer schon darauf versessen gewesen, zu reisen.

Julius begann, über die historische Entwicklung des Reisens nachzugrübeln.

---

[1] siehe ‚Der Lockruf des Pirols'

[2] siehe ‚Verschollen in Marrakesch'

Die ersten Reisenden waren vermutlich Flüchtlinge gewesen. Einzelne, Gruppen oder ganze Völker die, weil die Lebensbedingungen nicht mehr tragbar waren, aufbrachen, um in der Ferne ihr Glück zu versuchen. Dann kamen wohl die Kriege, die dazu dienten, um sich das Territorium anderer Nationen einzuverleiben, um anderen die eigene Religion aufzuzwingen oder Reisen in ferne Länder, um nach Glück und Gold zu suchen. Nicht zu vergessen den Handel, dessen Ziel es meist war, den Reichtum bereits Besitzender zu vermehren.

Für das gemeine Volk hatte man lange keinerlei Notwendigkeit gesehen, sich auf Reisen zu begeben. Dies war der sogenannten besseren Gesellschaft vorbehalten gewesen. Deren Mitglieder hatten vor allem den Süden bereist, um die Stätten der Antike und den verfeinerten Lebensstil des Südens kennenzulernen. Noch in der Generation seiner Eltern waren viele Menschen kaum aus ihrem Dorf herausgekommen. Ausnahmen waren allerdings die beiden Weltkriege, die manche von ihnen weit in der Welt herumgeführt hatten. Für viele waren dies Reisen ohne Wiederkehr gewesen.

In seiner Jugend hatte sich das bereits geändert. Die Hippiegeneration reiste viel, wenn auch meist mit kleinem Budget.

Er erinnerte sich an einen Rucksackurlaub in Griechenland. Julius war fast ohne Gepäck unterwegs gewesen, hatte am Strand geschlafen und das Leben in Freiheit genossen. Aber es gab auch Schattenseiten. Einmal war, als er eine winzige Kapelle besichtigen wollte, eine Frau auf ihn zugelaufen und hatte ihm ihre Toilette angeboten. Offenbar hatte sie mit Rucksacktouristen schlechte Erfahrungen gemacht. Dass er in die Kapelle wollte, nicht um sich zu erleichtern, sondern um sie sich anzusehen und um darin zu beten, wie er ihr erklärt hatte, hatte sie überrascht.

Interessanterweise fühlten sich die Rucksacktouristen damals den ‚Neckermännern', wie die Pauschalreisenden oft abwertend genannt wurden, haushoch überlegen. Julius hatte das erst später hinterfragt. Die Pauschaltouristen ließen wenigstens etwas Geld im Land, während die Rucksacktouristen oft die Einheimischen anschnorrten. Legendär waren die Geschichten von Backpackern, die, von den überaus gastfreundlichen Griechen eingeladen, eine Gegeneinladung ausgesprochen und dann nicht gewusst hatten, wie sie damit umgehen sollten, wenn ausnahmsweise einer der Eingeladenen bei ihnen daheim auftauchte.

Immer wieder erstaunte ihn, dass sich viele seiner Bekannten überhaupt nicht für das Land interessierten, in das sie gereist waren. Sie blieben in ihrem Ressort, planschten im Pool oder lagen am Meer und schätzten es, wenn sie von Deutsch sprechendem Personal möglichst dieselben Speisen vorgesetzt bekamen, die sie von daheim gewohnt waren.

Das touristische Umfeld verließen sie nur um zu shoppen, vorzugsweise in Richtung der ebenfalls für Touristen geschaffenen Einrichtungen. Dort waren sie dann glücklich, Gegenstände erstanden zu haben, die sie ebenso daheim bekommen hätten. Wenn sie ihm dann vom Urlaub erzählten, ging es hauptsächlich um die tollen All-in-Angebote im Ressort und um die erstandenen Schnäppchen. Für manche Alleinreisende, vor allem aber für viele Jugendgruppen, war es das Entscheidende, an einem Ort zu sein, an dem einen niemand kannte. Die sich daraus ergebende Freiheit wurde zu exzessivem Alkoholkonsum und erotischen Abenteuern genutzt.

Alte Kulturgüter wurden mitunter besucht, zumindest vom interessierteren Teil der Touristen. Aber Bevölkerung, politische Situation und zeitgenössische Kultur waren für die meisten Besucher überhaupt kein Thema. Und sie wurden auch kaum jemals angeboten.

Angesichts der Diskussion um den Treibhauseffekt fand es Julius richtig, das Reisen generell zu hinterfragen. Natürlich trug jede Ortsveränderung zu einem Anstieg von Treibhausgasen bei. Andererseits fand er es unbedingt notwendig, dass ein möglichst großer

Teil der Bevölkerung in fremden Ländern Erfahrung sammelte. In diesem Sammeln eigener Eindrücke sah er die einzige Möglichkeit, andere Kulturkreise kennenzulernen, dies auch, um die Situation im eigenen Land objektiv zu beurteilen und nicht der zunehmenden populistischen Bauernfängerei auf den Leim zu gehen.

Julius fand, dass jene Reisenden, die sich ohnehin nicht für das Land interessierten, in künstlichen Ressorts, gegebenenfalls in großen Hallen und nahe dem Ort, wo sie ohnehin daheim waren, besser aufgehoben waren. So könnte man sich die entstehende Umweltbelastung durch die Flüge ersparen und die gewohnte Qualität von Waren und Dienstleistungen sicherstellen.

Auch jene Wintersportler, die Flutlicht und laute Musik auf der Piste bevorzugten, oder die ohnehin nur wegen des Après-Ski zum Wintersport fuhren, wären in geeigneten Hallen besser zu bedienen. Dann könnten die anderen Schifahrer die Ruhe am Berg genießen und die Wanderer im Sommer würden sich einiges an Umweltverschandelungen ersparen. Für den Abenteuerurlaub böten sich zudem Onlinesafaris, Onlinetauchgänge und ähnliche Aktivitäten an. Julius wusste auch um das Potenzial der Brillen mit integrierten Bildschirmen, die das Erlebte noch realistischer gestalten konnten. Freilich bliebe bei all diesen

Lösungen noch das Problem der Umverteilung des Geldes. Der Tourismus ist in vielen Regionen nahezu die einzige Einnahmequelle, das müsste man dann anders lösen.

Julius fiel es nicht leicht, zu entscheiden, mit welchem seiner frisch gekauften Bücher er beginnen sollte. Er entschied sich für ‚Hana' von *Elvira Dones.*

Die 1960 in Durrës geborene Autorin beschrieb eine Frau, die, weil es in der Familie außer ihrem Onkel keinen Mann gab, vor dessen Tod noch schnell heiraten sollte. Da sie das keinesfalls wollte, beschloss sie, um ihren Onkel, bei dem sie aufgewachsen war, nicht zu enttäuschen, eine geschworene Jungfrau zu werden. Das war im Gesellschaftssystem der im Norden Albaniens gelegenen Berge offenbar die zweite akzeptierte Möglichkeit. Damit würde es auch nach dem Tod des Onkels einen Mann in der Familie geben. Der Onkel war damit glücklich. Dieses Motiv, als Mann zu leben, hatte Julius noch nicht gekannt.

Nach vielen Jahren, die diese Frau als Mann zugebracht hatte, emigrierte sie schließlich in die USA, um sich wieder in eine Frau zurückzuverwandeln. In Albanien wäre das nicht möglich gewesen.

Einige Mitglieder ihrer Familie waren bereits früher emigriert und lebten schon länger in den USA. Die älteren kannten sie und wussten über ihre Geschichte Bescheid. Für die jüngeren war sie Onkel Mark. Dass Onkel Mark irgendwie komisch war, das war ihnen schon aufgefallen. Sie vermuteten allerdings, er wäre schwul oder intersex, das waren Konzepte, die sie kannten. Aber warum sagte er das nicht einfach? Die Rolle der geschworenen Jungfrauen musste ihnen ihr Onkel, der am Ende des Gespräches ihre Tante war, erst ausführlich erklären.

Julius fragte sich, ob er Frauen in Männerkleidung erkennen würde - vermutlich nicht. Wenn diese tatsächlich die männliche Identität zu ihrer eigenen gemacht hatten, sich wie Männer bewegten und irgendwann vielleicht auch so dachten, wäre das schwierig. Dass sich Männer in den Bergen Albaniens über Saufen und Rauchen definierten, fand er nicht so erstaunlich, er kannte Ähnliches aus seiner Jugend.

Maria war viel beschäftigt. Sie bereitete ihre Vorlesungen vor und hatte zu allem Überfluss ein Problem mit ihrer Heizung, die es zu reparieren galt, bevor es kalt wurde. Aber das Buch über Hana wollte sie von Julius genau erzählt bekommen. Maria war fasziniert von dieser Geschichte, und sie versuchte sich vorzustellen, wie es für sie als Mann wäre. In der Wissenschaftsszene des vergleichsweise aufgeklärten Wiens wäre das keine große Sache, aber in einer extrem auf Rollenteilung bedachten, traditionellen Macho-

Gesellschaft, wie sie sich Maria in den Bergen Albaniens vorstellte, war das für sie unvorstellbar.

Julius las schnell. Mit jedem Buch lernte er mehr über das Land, das er demnächst besuchen würde. Reiseführer würde er erst zum Schluss lesen. Er fand, diese gäben zwar wichtige Informationen, sie erzählten aber nur wenig über die Seele eines Landes. Diese fand er in den Romanen der lokalen Autorinnen und Autoren.

Bei der nächsten ‚Therapiesitzung', diesmal im ‚Ragusa', einem ebenfalls auf Fisch spezialisierten kroatischen Lokal in der Berggasse, waren beide Feuer und Flamme für die kommende Reise.

Julius hatte eine Straßenkarte von Albanien mitgebracht. Sie würden die Reise in der Hauptstadt Tirana beginnen, was ihm gut gefiel, weil es dort Museen und andere Einrichtungen gab, die das ganze Land repräsentierten.

Von Tirana aus würden sie in Richtung Süden fahren und eine Nacht in Berat verbringen. Danach kam Gjirokastër, die berühmte, auf einem Berg errichtete Stadt, in der *Ismail Kadare* geboren worden war und über die er das Buch ‚Chronik in Stein' geschrieben hatte. Auch *Enver Hoxha* war dort zur Welt gekommen.

Butrint mit seinen römischen Ruinen markierte den südlichsten Endpunkt ihrer Reise. Knapp vor der griechischen Grenze wechselte die Route wieder in Richtung Norden nach Himarë, dann über Durrës nach Shkodër, dem kulturellen Mittelpunkt von Nordalbanien, um endlich in der Umgebung von Theth ins Gebirge und damit ins Zentrum der Blutrache zu gelangen. Auch die eingeschworenen Jungfrauen sollte es dort geben.

„Ist das mit der Blutrache eigentlich eine muslimische Idee?“

Julius schüttelte den Kopf. „Nein, die konzentriert sich offenbar auf den katholischen Norden.“

Der Kellner brachte die Getränke. „Sie kennen Albanien?“ Julius hatte gefragt, weil ihm der interessierte Blick des Mannes aufgefallen war.

„Nein, leider nicht! Aber ich komme aus Mazedonien, das ist nicht weit von Albanien entfernt.“ Julius nickte wissend. Langsam bekam er einen Überblick über die Länder am Balkan – über den gegenwärtigen Status, nicht aber über die geschichtliche Entwicklung, die ihm extrem komplex erschien.

Die Reiseteilnehmer trafen sich spätabends am Flughafen in Wien. Als sie nach einer knappen Stunde Flugzeit angekommen waren, endlich ihr Gepäck vom Fließband genommen hatten und das Flughafengebäude in Tirana verließen, war es lange nach Mitternacht. Niemand hatte Lust zu reden. Die Reiseleiterin führte sie zu einem wartenden Bus, der sie in ihr Hotel brachte. Die meisten dösten vor sich hin.

Was Julius trotz seiner Müdigkeit auffiel, waren die Ampeln an der breiten Einfallstraße nach Tirana. Nicht nur die Lichter der Ampeln leuchteten in den Farben rot-gelb-grün, sondern auch die Stangen und Bögen, auf denen diese befestigt waren, wechselten die Farben.

Am nächsten Morgen bemühte sich die Reiseleiterin, eine angenehme Stimmung zu verbreiten. „Einen wunderschönen guten Morgen, ich hoffe, Sie haben alle gut geschlafen und waren mit dem Frühstück zufrieden. Es ist jetzt neun Uhr und ich werde Ihnen gleich einiges über Tirana erzählen. Aber vorher möchte ich mich vorstellen und darf auch Sie bitten, ein paar Worte über sich zu sagen."

Sie nannte ihren Namen, Christine Bauer, erklärte, dass sie Geschichte studiert hatte und seit fünf Jahren als Reiseleiterin tätig war. Mittelgroß, etwas pummelig und blass, strafte ihr Gesicht die zur Schau gestellte Fröhlichkeit Lügen. Die Frau wirkte erschöpft, ihre Augen waren gerötet. Julius hatte den Eindruck, dass sie die ganze Nacht kein Auge zugetan hatte.

Sie trug Alltagskleidung, Jeans, eine helle Bluse und einen dünnen Pulli. Ihre Sportschuhe waren dafür gebaut, lange Strecken zu bewältigen. Julius hoffte, dass das kein Zeichen dafür war, dass sie ihre Schutzbefohlenen weit herumschleppen würde.

Nach ihrer kurzen Vorstellung sah sie erwartungsvoll in die Gruppe. Da niemand die Vorstellungsrunde beginnen wollte, deutete sie auf Julius, der rechts neben ihr saß. Dann würde es im Kreis weitergehen.

„Julius, Physiker und pensionierter Beamter." Julius hielt sich kurz und Maria tat es ihm gleich.

Die Nächste in der Reihe war eine Frau mit langen, blonden Zöpfen; sie war gut 40 Jahre alt und hatte breite Schultern. Ihr Name war Petra und sie war Kellnerin in einigen Heurigenlokalen, was den kräftigen Körperbau erklärte. Petra trug ein hochgeschlossenes

Dirndl und ihre Stimme war heiser. „Die Stimme hat sie von den früher so verrauchten Lokalen", flüsterte Maria Julius zu. Petra war altmodisch geschminkt, mit einem kräftigen Make-up, Lippenstift und Rouge auf den Wangen. Dennoch gefiel sie Julius. Sie wirkte beherrscht und zurückhaltend, aber er hatte den Eindruck, dass in der Frau Unmengen an Energie schlummerten. Auch Maria gefiel sie. „Aber zur Feindin will ich sie nicht haben!", bestätigte sie Julius Eindruck.

Danach kam Martina, die sich als die Mutter von Mara vorstellte. Martina war blond und sehr schlank. Sie war sportlich gekleidet mit Sportschuhen, Laufhosen, und einem enganliegenden Oberteil. Ihre Tochter Mara war acht und ein wahres Wunderkind, weshalb ihre Mutter auch einige Zeit brauchte, um diesen Umstand gebührend zu beschreiben. „Und das ist Gerd", fügte sie als Abschluss hinzu, auf den Mann an ihrer Seite deutend. Kein Zweifel, für Martina stand ihr Kind im Mittelpunkt.

Die Familie war Julius bereits am Flughafen in Wien aufgefallen. Martina war permanent damit beschäftigt gewesen, Mara dazu zu überreden, irgendetwas zu essen. Ihr Mann hatte deshalb leicht genervt gewirkt. „Heli-Mutter" hatte Maria geflüstert. Aus Marias Mund war das sicher kein Kompliment.

Julius hatte seit jeher ein Problem mit Menschen, die nur eine Perspektive kannten. Berufstätige, für die es außer ihrem Beruf nichts gab, und Leute mit Kindern, die den Rest der Welt ausklammerten und überall nur Kinder sahen. Eltern, die nur ihr eigenes Kind beachteten, waren eine weitere Steigerung.

Gerd, der der Vorstellung seiner Tochter mit bemühter Aufmerksamkeit gefolgt war, zeigte, da bereits vorgestellt, einladend auf das neben ihm sitzende Mädchen, das etwa im Alter von Mara war.

„Ich bin die Steffi, gehe in die zweite Klasse Volksschule und freue mich ur auf den Urlaub."

„Ich bin Gerlinde und bin Industriechemikerin sowie die Mama von Steffi."

„Und ich bin der Mann von Gerlinde und der Papa von Steffi, heiße Heinz und arbeite an der Uni."

Die drei waren erfrischend normal, fand Julius. Von Gerd hatte er kein Bild, das konnte aber später noch kommen.

Als Nächster war ein Mann von etwa 30 Jahren an der Reihe. Er war schlank, sportlich-elegant gekleidet und machte erst einmal eine Pause, in der er sorgenvoll aussah. Dann stellte er sich als Kevin vor, der mit seiner Frau Pamela hier war und hoffte, dass ihr der Urlaub guttun würde. Er deutete dem älteren Ehepaar, welches neben den beiden saß, mit der Vorstellung fortzufahren.

Seine Frau, sie konnte nur wenig über 20 sein, ignorierte die Geste. „Ich bin Pamela, studiere Pharmazie und freue mich auch auf Albanien.“ Sie warf Steffi einen aufmunternden Blick zu,

Danach kam Franz, ein Pensionist in den frühen Achtzigern, der, wie er betonte, sicher war, dass sie das Land mit vielen schönen Erinnerungen wieder verlassen würden. Franz war gut genährt, sein Gesicht glattrasiert, glänzend und mit blauen, sich fein verästelnden Adern auf den Wangen.

Grete, seine Frau und etwa im gleichen Alter, aber wesentlich schlanker und dementsprechend faltiger, war sich, was die Perspektive der Reise betraf, nicht so sicher. „Mir reicht es schon“, meinte sie, „wenn wir da halbwegs gesund herauskommen.“

Die beiden Alten trugen Wanderkleidung, strapazierfähige lange Hosen, karierte Hemden und leichte Wanderschuhe. Sie hatten auch ihre Anoraks dabei. Die zwei waren zweifellos wetterfest, und wenn es darum ging, möglichst weit zu gehen, hatten die beiden sicher kein Problem damit.

Zwei junge Frauen starrten auf ihre Handys und mussten erst von der Reiseleiterin daran erinnert werden, sich vorzustellen. Sie hießen Lara und Linda und waren Lehramtsstudentinnen. Beide studierten Geografie und Sport, wie Julius erfuhr, nachdem er nachgefragt hatte. Die beiden waren hübsch, schlank und wirkten gelangweilt. Sie trugen löchrige Jeans, wie es bei jungen Leuten modern war, und Turnschuhe. Die Reise unternahmen sie offenbar vor allem, um ihren geografischen Horizont zu erweitern.

Fünfzehn Personen und eine Reiseleiterin, der Chauffeur würde erst morgen kommen. Den Transfer vom Flughafen hatte eine andere Agentur organisiert. Ihr Fahrer Arian, betonte Christine, kenne sich in Albanien aus wie kein Zweiter. Julius war von dem Setting angetan. Die Reise würde kaum langweilig werden. Das Land interessierte ihn und die Mitreisenden waren recht unterschiedlich, das war ein gutes Zeichen. Die ‚Heli-Mutter' würde alle gleichermaßen nerven, damit konnte er leben.

Bevor es losging, suchten sie nochmals kurz ihre Zimmer auf. Julius wechselte die Schuhe. Mit den Sportschuhen konnte er etwas besser gehen. Er warf sich auf das Bett, die Schuhe ließ er über den Bettrand hinausragen, und wartete, bis Maria mit dem Frisieren fertig war.

Beide hatten wegen des niedrigen Preises der Reise eher bescheidene Räume erwartet und waren angenehm überrascht. Die Ausstattung entsprach dem gehobenen Segment. Wie mittlerweile üblich, waren Flachbildschirme montiert, mit denen man an die vierzig Sender empfangen konnte. Gespart hatte man beim Leselicht. Die Beleuchtung beim Bett reichte dafür aus, dass man in der Nacht aus dem Bett und wieder zurückfand. Zum angenehmen Lesen war die Beleuchtungsintensität zu gering. Aber auch das war leider internationaler Standard.

Pünktlich waren alle in der Lobby versammelt. Die Reiseleiterin hatte ein hellblaues Tuch an ihren Regenschirm geknüpft. Den hielt sie hoch und sie zogen los. Das erste Ziel war der zentrale Platz in Tirana, der Skanderberplatz.

Das Wetter war angenehm, der Verkehr mäßig, und viele Menschen gingen zu Fuß. Ihr Hotel lag an einem der breiten Boulevards. Es schien, als hätte man sich hier Frankreich zum Vorbild genommen.

Die Kleidung der Menschen war ähnlich wie in Wien. Vielleicht war das elegantere Segment der Wiener Innenstadt hier etwas geringer vertreten, während es mehr einfacher gekleidete Menschen gab. Kopftücher sahen sie keine, obwohl mehr als die Hälfte der Bevölkerung Albaniens muslimisch war. Das war möglicherweise ein Erbe des Kommunismus. Auch in Zentralasien hatte Julius zwar viele, auch neue, Moscheen gesehen, aber kaum Kopftücher tragende Frauen. In Ankara waren diese ebenfalls selten gewesen. In manchen Ländern deuteten Kopftücher, ähnlich wie noch vor kurzem in Österreich, eher auf eine Herkunft vom Land hin, als auf strenge Religiosität. Anders war es natürlich dort, wo sie getragen werden mussten.

Der Skanderberplatz war auch das geistige Zentrum von Tirana. Dem Stadtplan nach waren die wichtigsten kulturellen Einrichtungen hier zu finden.

Am Anfang des großen und überwiegend leeren Platzes fielen einige bunte Plastikmöbel auf, wie Julius sie vom Museumsquartier in Wien kannte. Er untersuchte sie kurz und fand auf den ‚Enzis', wie die großen, bunten Sitz- und Liegemöbel in Wien hießen, auch das Logo MQ. „Die Möbel sind ein Geschenk des Museumquartiers in Wien", bestätigte Christine.

An einer anderen Stelle des Platzes gab es eine Oldtimer-Ausstellung. Die meisten Fahrzeuge waren aus dem Ausland hierhergebracht worden, wie man den Nummerntafeln entnehmen konnte.

Auf Anweisung von Maria stellte sich Julius für ein Foto zwischen zwei cremefarbene Cabrios.

„Oldtimer unter sich", kommentierte Maria das Bild.

„Aber in unterschiedlichem Erhaltungszustand", ergänzte Julius. Dazu übertrieb er kräftig sein Hinken.

„Du bist eben nicht garagengepflegt."

Immer wieder fuhren Radfahrer quer über den Platz. Auch viele ältere Menschen benutzten das Fahrrad als Verkehrsmittel. Am Rand des Platzes stand ein Streifenwagen. Die Polizei war gelegentlich sichtbar, aber keineswegs auffällig präsent.

Julius fand die Atmosphäre erstaunlich leicht, ohne dass er sagen konnte, woran es lag. Er fühlte sich wohl in der Stadt. Ihre Reiseleiterin war zurückhaltend und hatte keineswegs den Anspruch, immer und alles kommentieren zu müssen. Julius schätzte das, es ließ ihm Zeit, seinen eigenen Gedanken nachzuhängen.

Er rekapitulierte für sich die Zusammensetzung der Bevölkerung Albaniens. Nach einer Quelle, die er als verlässlich einschätzte, gehörten etwa 57 Prozent dem Islam an, 10 Prozent waren katholisch und 7 Prozent orthodox, der Rest hatte keine Religion angegeben, oder gehörte einer der kleineren Gruppierungen an. 2,5 Prozent bezeichneten sich als atheistisch. Wenig, fand Julius, für ein Land, das jahrzehntelang den Atheismus propagiert hatte.

Albanien war stolz darauf gewesen, sich als erstes Land zum atheistischen Staat erklärt zu haben und jegliche Religionsausübung zu verbieten. Vielleicht war es auf diesen Umstand zurückzuführen, dass die Zahlen immer noch wenig verlässlich waren. Sicher war, dass die mit Abstand größte Gruppe – Julius hatte Angaben zwischen 40 und 80 Prozent gefunden – dem Islam angehörte.

Julius hatte über alle möglichen Mischformen bei der Religionsausübung in der Geschichte des Landes gelesen. Zur Zeit der Islamisierung im 16. Jahrhundert traten häufig nur die Familienoberhäupter zum Islam über, um der von Nichtmuslimen eingehobenen Kopfsteuer zu entgehen. Auch war es offenbar üblich, dass sich muslimische Viehzüchter christlichen Segen für ihr Vieh einholten. Sicher ist sicher, mochten sie gedacht haben.

Bücher dürften in dieser landwirtschaftlich geprägten Gesellschaft keine große Rolle gespielt haben. Noch um 1900 waren 90 Prozent der Bevölkerung Analphabeten, nur Geistliche und die Vertreter des Bürgertums in den großen Städten konnten lesen.

Trotz der geringen Anzahl an Katholiken nahm die katholische Heilige, *Mutter Theresa,* offenbar eine identitätsstiftende Rolle ein Überall sah man ihr Bild und der einzige internationale Flughafen Albaniens in Tirana war nach *Nënë Tereza,* wie sie auf Albanisch hieß, benannt.

Dass *Mutter Theresa* in eine albanische Familie geboren worden war, die aber in Skopje, im heutigen Nord-Mazedonien, gelebt hatte, bestätigte für Julius die Komplexität der Region.

Staatliche Feiertage gab es aktuell sowohl an muslimischen als auch an christlichen Festtagen.

Ihre Reiseleiterin wurde zum ersten Mal etwas leidenschaftlicher, als sie über den Bürgermeister Tiranas berichtete. *Erion Veliaj* stammte aus einer atheistischen Familie, hatte aber später durch den Einfluss amerikanischer Protestanten den evangelischen Glauben angenommen. Er hatte sowohl in den USA als auch im Vereinigten Königreich studiert und im Jahr 2003 die Bürgerbewegung MJAFT! gegründet. Für sein Engagement in der Zivilgesellschaft war er von der UNO ausgezeichnet worden. Mit gespielt leiser Stimme fuhr sie fort, dass er über die MJAFT! 2006 die umstrittenen Mohammed-Karikaturen in Albanien veröffentlicht hatte, was natürlich allgemein bekannt war und auch in den einschlägigen Reiseführern stand. Ende 2015 wurde er zum Bürgermeister von Tirana gewählt, dafür trat er von seinem Ministerposten für Jugend und Soziales zurück.

Erstaunlich, dachte Julius, der noch die Kontroversen um die Karikaturen in mehreren europäischen Städten in Erinnerung hatte. Da veröffentlicht jemand in einem mehrheitlich muslimischen Land religionskritische Karikaturen und wird zum Bürgermeister der Hauptstadt gewählt.

Wenn er sich ein wenig umsah, konnte er sowohl Moscheen als auch christliche Kirchen erkennen.

Konnte es sein, dass man hier toleranter war als anderswo? Oder pragmatischer? Oder spielte Religion doch keine so wichtige Rolle?

Christine kam auf die bunten Farben mancher Häuser zu sprechen, die ihm schon aufgefallen waren. Vor allem den einfachen Plattenbauten gaben sie ein fröhlicheres Aussehen. Sie waren die Idee eines der vorherigen Bürgermeister namens *Edi Rama*. *Rama* hatte einige Zeit in Frankreich gelebt und eine Karriere als Sportler und Künstler hinter sich. Manche, so räumte die Reiseleiterin ein, würden in den bunten Fassaden bloß eine Behübschung sehen, sie fände aber, dass die Farben dazu beigetragen hatten, die Stimmung zu ändern. *Rama* wäre übrigens mittlerweile Premierminister, schloss sie ihren Vortrag.

Eigenartig, überlegte Julius. Da geht man die ersten Schritte durch die Stadt und empfindet diese als irgendwie angenehm und weltoffen, hat aber keine Ahnung, warum das so ist. Dann bekommt man Informationen über ein paar relevante Persönlichkeiten und findet diese überraschend stimmig. Ist es so, fragte er sich, dass eine Stadt so etwas wie eine Seele hat, die von den Menschen geprägt wird, die dort leben und arbeiten? Und kann diese, nach einer langen Periode der Unterdrückung, völlig verändert wieder auferstehen? Er vermutete, dass es dabei verschiedene Geschwindigkeiten gab. Die jungen, urbanen und erfolgreichen Menschen auf der einen, die Alten vom Land auf der anderen Seite. Und zwischen diesen Extremen gab es alle Übergangsstufen. Nicht einfach für einen Staat, auf der Suche nach sich selbst.

Oder waren die Veränderungen, die ihn so ansprachen, auf Oberflächlichkeiten beschränkt und hatten im Denken und Fühlen der hier lebenden Menschen keine tieferen Spuren hinterlassen? Die beiden Persönlichkeiten, von denen die Reiseleiterin gesprochen hatte, hatten beide längere Zeit im Ausland verbracht. Für sie und für die jüngeren Menschen, welche die Unterdrückung nicht mehr am eigenen Leib erfahren hatten, war es wohl einfacher, mit der neuen Zeit zurechtzukommen.

In der Mitte des Platzes stand, auf einem großen Felsen, das Reiterdenkmal *Skanderbegs.* Christine erklärte die Bedeutung dieses Mannes für Albanien. Der albanische Adelige hatte im 15. Jahrhundert gelebt, zuerst für das Osmanische Reich, dann für Venedig und schließlich im Dienste Neapels gekämpft. Für den Kampf gegen die Osmanen wurde er vom Papst mit den Titeln ‚Verteidiger des Glaubens' und ‚Kämpfer für das Christentum' ausgezeichnet. Heutzutage galt er als albanischer Nationalheld.

„In vielen Städten stehen Reiterstandbilder von ihm, so in Rom, Genf und in einer Stadt in Michigan. Er ist Titelheld einer Oper von *Vivaldi,* war aber auch

Namensgeber für eine vornehmlich aus Albanern bestehende NS-Division."

Von seinen Recherchen wusste Julius ein wenig mehr über *Skanderbeg.* Bei den Osmanen gab es die Knabenlese, der zufolge Kinder, vorwiegend Knaben, aus christlichen Familien verschleppt oder als Geiseln entsandt und im Osmanischen Reich als Moslems aufgezogen wurden. Dabei wurde ein hoher Wert auf Bildung gelegt, sodass diese später oft herausragende Posten in Militär und Verwaltung einnahmen. Die Elitearmee der Janitscharen bestand zeitweise überwiegend aus ehemals entführten Knaben.

Skanderbeg war ebenfalls in den Dienst des Sultans gekommen und hatte dort 20 Jahre gedient. Wie in diesem Gebiet nicht ungewöhnlich, wechselte er, den lokalen Machtverhältnissen folgend, häufig seine Religion. Er war mehrmals katholisch, einige Zeit aber auch orthodox und lange Zeit muslimisch.

„Typisch Grenzgebiet", meinte Maria, „dort ist es immer etwas komplizierter. Andererseits sind überall dort, wo unterschiedliche Kulturen zusammentreffen, die Menschen besonders kreativ. Sie verstehen dort mehr von ihren eigenen Wurzeln, als sie es in einem homogenen kulturellen Umfeld tun, und sie verstehen mehr von den benachbarten Kulturen. Diese Interkulturalität hat ein riesiges soziales und kulturelles Potenzial, sie kann aber natürlich auch zu Konflikten führen. Vor allem dann, wenn sich eine Gruppe den anderen überlegen fühlt und das zum Programm macht."

„Wie viel Sternenstaub hast du?", hörte Julius Linda, eine der beiden jungen Frauen, fragen.

„30.000", meinte Lara.

„Das könnte gehen."

Julius sah hilfesuchend zu Maria hinüber. „Hast du zufällig auch etwas interstellare Materie dabei?"

Hinter ihnen ertönte ein kurzes Lachen. Es war Gerd, der das Gespräch mitgehört hatte.

„Das war sicher keine wissenschaftliche Diskussion. Vermutlich irgend so ein Spiel. Ich bilde mir ein, bei Pokémon gibt es so etwas. Sternenstaub als Währung."

„Und was machen Sie beruflich? Ihre Frau hat es bei der Vorstellung nicht erwähnt."

„Elektrotechniker, ich arbeite vor allem auf Großbaustellen, daher bin ich hauptsächlich international unterwegs. Meistens in Afrika."

„Gefällt Ihnen Ihr Job?"

„Ja. Ich habe immerhin das Gefühl, meist etwas Sinnvolles zu tun. Und ich verdiene gut. Der Nachteil ist, dass ich wenig bei meiner Familie sein kann. Das war zwar klar, aber es schmerzt dennoch."

„Und wie geht es Mara in der Schule, sie geht doch schon in die Schule?"

„Ja, in die zweite Klasse, wie Steffi, und es macht ihr recht Spaß. Entschuldigen Sie", unterbrach er sich, „ich glaube, wir sollten zuhören."

Die Reiseleiterin hatte die Hand gehoben und wartete kurz, bevor sie mit ihren Erklärungen begann. Vor ihnen lag das albanische Nationalmuseum.

Das große Mosaik an dessen Front war 11 Meter hoch und 40 Meter lang. Es zeigte eine kleine Gruppe von Menschen, die von einer Frau in Volkstracht angeführt wurde. Diese ‚Mutter Albanien' trug ein Gewehr in der hochgehaltenen Hand, auch die meisten anderen Personen waren bewaffnet.

Julius machte den ersten Teil der Führung mit, verließ aber, nachdem ihn sein Knie zu schmerzen begann, die Gruppe. Außerdem hatte er für seinen Geschmack genug Waffen und Uniformen gesehen. Im Eingangsbereich fand er einen bequemen Sessel, in dem er warten konnte, bis die anderen mit der Besichtigung fertig waren.

Ein paar Meter entfernt saßen Kevin und Pamela. Julius hatte den Eindruck, dass Kevin seine Frau keinen Augenblick aus den Augen ließ. Beim Frühstück hatte er gegenüber der Reiseleiterin angedeutet, dass Pamela an Depressionen litt. Das würde erklären, dass er sie sogar zur etwas weiter entfernten Toilette begleitete und vor der Tür wartete. Hatte er Angst, dass sie sich etwas antun könnte? Ein depressiver Partner musste schrecklich sein. Zwar wirkte Pamela in keiner Weise depressiv, aber wahrscheinlich war das nicht so einfach zu erkennen, zumindest für einen Laien, wie er einer war.

„Wir gehen jetzt hinüber in die albanische Nationalgalerie. Hier läuft eine Ausstellung von *Adrian Paci,* einem Künstler aus Shkodër, der aber jetzt vorwiegend in Mailand lebt. Er thematisiert das Leben in Albanien, daher dachte ich, es würde Ihnen einen Einblick in das Land ermöglichen."

Julius hatte auf eine Pause gehofft, um in einem der umliegenden Cafés etwas zu trinken, aber nachdem die Reiseleiterin kurz das Konzept erklärt hatte, gefiel ihm die Idee. In den meisten Besichtigungsprogrammen waren nur historische Kulturgüter vorgesehen, das war einmal etwas Zeitgenössisches. Eine Ausstellung, die den Umgang mit den Problemen der Gegenwart, wie der Armut, dem Verlust der Orientierung und dem Bedürfnis, das Land zu verlassen, thematisierte.

Das Gezeigte beeindruckte Julius sehr und regte ihn zum Nachdenken an. Es gab Videoinstallationen, die er lustig und zugleich seltsam fand. Etwa einen Clip, in dem der Künstler zu einer professionellen Klagefrau kam, sich vor dieser mit gefalteten Händen auf eine Bahre legte und nach allen Regeln ihrer Kunst lautstark beweint wurde, wie es eben bei Toten die Tradition erforderte. Danach stand er auf, zahlte und ging.

Andere Videos fand er verstörend. In einem hatte der Künstler Filmsequenzen aneinandergereiht, in denen die Menschen an den Särgen eben verstorbener Diktatoren vorbeidefilierten. Anlässe waren die Begräbnisse *Stalins, Hoxhas* und einiger anderer. Die Menschenmengen waren unübersehbar. Das ganze Land schien jeweils auf den Beinen, um Abschied zu nehmen. Lange ruhten die Kameras auf den Gesichtern der Trauergäste. Die meisten weinten, in vielen Gesichtern spiegelte sich totale Verzweiflung.

Wie konnte es sein, dass Diktatoren, deren Terror sich vor allem gegen die eigene Bevölkerung gerichtet hatte, so beweint wurden? Hatte das etwas mit einer inszenierten Gruppenhysterie zu tun? War der Tyrann trotz allem für viele wie eine Vaterfigur gewesen oder war es die Angst vor Veränderung? Er wusste es nicht.

Auf einer hohen Gangway standen Menschen und sahen in die Ferne. Flugzeuge starteten und landeten, aber keines war für sie bestimmt. Ein Bild der

Verzweiflung, fand Julius. Menschen, die beschlossen hatten, ihr Land zu verlassen, aber nicht wegkonnten. Er dachte sich diese in einem emotionalen Niemandsland. Sie waren nicht mehr hier, wussten aber auch nicht, ob sie jemals woanders ankommen würden.

Als nächster Programmpunkt stand der Besuch des Marktes auf der Tagesordnung. Am Weg dorthin kamen sie bei einem Würstelstand vorbei. ‚Wiener Wurst' war zu lesen. „Wie bei uns die Kebabstände", meinte Julius zu Maria. Bei den ersten Verkaufsständen entließ sie die Reiseleiterin, den Markt würde jeder für sich besichtigen, um 18 Uhr gäbe es dann ein Abendessen im Hotel.

An einer Regenrinne war eine fast einen Meter große Stofffigur angebunden. Der Papa Schlumpf hing, recht lieblos arrangiert, schräg und schon etwas verwittert, an der Kante des Hauses. Wenig später sahen sie einen ebenso großen rosa Hasen, der verkehrt herum an einem Gartenzaun hing. Julius hatte den Eindruck, die zur Abschreckung von Artgenossen drapierte Leiche eines Stofftieres vor sich zu haben.

Er machte Maria auf Kevin und Pamela aufmerksam. Kevin blieb stets dicht neben seiner Frau und hielt sie, wenn sie vor einer Straße standen, am Arm. Hatte er Angst, dass sie sich vor ein Auto stürzen würde?

Der Markt war ein lebendiges Durcheinander, wie die meisten Märkte auf dem Balkan um diese Jahreszeit. Die Stände barsten vor frischem und geschickt arrangiertem Gemüse und Obst. In einer Halle wurden Fische verkauft. Maria konnte sich an ihnen nicht sattsehen. Viele der Arten, die angeboten wurden, kannte sie – aber bei weitem nicht alle.

Sie trafen Franz und Grete, die vor einem der Fischstände wild diskutierten. Franz bedauerte, dass sie kein Apartment mit einer Küche hatten, nur allzu gerne würde er einige der Fische kosten. „Ich würde sie dir aber sicher nicht zubereiten!" Grete erschien es lebensgefährlich, hier einzukaufen.

„Wo, glaubst du denn, kaufen die Leute im Hotel die Fische ein?" Franz sah das offenbar anders.

„Im Supermarkt!", war Grete überzeugt. Dieser war für sie offensichtlich viel vertrauenswürdiger als der Markt. Maria war anderer Meinung. Die Fische hatten schöne, rote Kiemen und waren eindeutig frisch. „Ich würde sie hier kaufen", meinte sie zu Grete, „die im Supermarkt sind sicher genauso frisch, aber mir gefällt ein Markt einfach besser." Grete wandte sich kopfschüttelnd ab.

Mara war mit ihrem Vater ins Hotel gegangen. Sie musste sich, wie Martina es formulierte, von den Strapazen des Vormittags erholen. Jetzt war Martina auf der Suche nach einem Amulett oder Ähnlichem, das bei Mathematikaufgaben hilfreich wäre. Weder Julius noch Maria konnten ihr helfen. Beide hielten nichts von Esoterik und hatten daher auch nicht darauf geachtet.

Die blonden Zöpfe von Petra stachen aus der Menge heraus. Vor ihr gingen Pamela und Kevin. In einer Nische sahen sie Steffi Schuhe probieren. Offenbar gefiel ihr ein Paar Hausschuhe mit viel Rosa, Plüsch, Spiegeln und kleinen Glöckchen. Heinz, ihr Vater, stand daneben, beide lachten. Als sie Julius und Maria sah, winkte sie sie zu sich, um ihnen die Schuhe zu zeigen. Die beiden zeigten sich gebührend begeistert von ihrer Wahl und Steffi strahlte.

Auf Umwegen schlenderten Julius und Maria zum Hotel zurück.

Unterwegs passierten sie eine große, offenbar vor der Fertigstellung stehende Moschee. Julius hatte gelesen, dass diese von der Türkei finanziert wurde und die größte auf dem Balkan werden sollte. Die vier schlanken Minarette erinnerten ihn an die Moscheen, die er in der Türkei gesehen hatte. Ihm gefiel die unmittelbare Nähe von christlichen und islamischen Gotteshäusern. Er hatte auch gelesen, dass Ehen von Muslimen und Christen hier etwas völlig Selbstverständliches waren. Erneut fragte er sich, ob das ein Hinweis auf ein friedliches Nebeneinander der

Religionen war, oder ob die religiösen Praktiken zum inhaltslosen Ritual verkommen waren.

Julius schmerzten seine Knie, diesmal waren es beide, sodass er erleichtert war, dass das Hotel nicht weit entfernt lag. Dort angekommen warf er sich auf das Bett und erklärte, bis zum Abendessen nicht mehr aufstehen zu wollen. Maria ging in die Hotelbar, um ein Bier zu trinken, und Julius widmete sich *Ismail Kadares* Roman ‚Die Verbannte'.

Das Abendessen nahmen sie im Hotel ein. Steffi hatte die rosa Hausschuhe gekauft und zeigte sie jetzt stolz allen Mitreisenden. Dies führte zu einem kleinen Drama, weil Mara genau solche Patschen haben wollte, und nicht die roten, die ihr ihre Mutter vom Markt mitgebracht hatte.

Am nächsten Morgen checkten sie gleich nach dem Frühstück aus. Sie würden mit der Seilbahn auf den Datji, den Hausberg Tiranas, fahren, von oben sollte es einen fantastischen Ausblick auf die Stadt geben. Danach stand die Besichtigung eines Bunkers auf dem Plan. Und nach einer kurzen Fahrt würden sie die kommende Nacht in Berat verbringen.

„Ich fürchte mich vor der Seilbahn“, stöhnte Grete, kurz nachdem sie im Bus Platz genommen hatte. „Die ist sicher uralt und sieht aus wie bei uns in den 50er-Jahren.“

„Daran habe ich noch gar nicht gedacht, aber die alten Sachen sind nicht immer schlecht, schau uns an!“ Franz war gut gelaunt und optimistisch gestimmt.

Kevin legte Pamela den Arm um die Schultern, wie um sie zu beruhigen.

„Wart ihr da schon auf der Welt?“, fragte Steffi unbekümmert ihre Eltern. Eine uralte Seilbahn war für sie vor allem ein Abenteuer. Gerlinde schüttelte den Kopf. „Nein, ich nicht und Papa auch nicht. Das war die Zeit, als beide Opas ganz klein und die Stadt-Oma noch nicht auf der Welt war. Aber die Seilbahn ist gar nicht so alt, sie ist sogar recht modern. Ich habe ein Bild von ihr gesehen."

Der Busfahrer hatte die Gruppe nur kurz begrüßt, das holte er jetzt nach. Sein Name war Arian, er hatte in Hamburg gearbeitet und sprach ausgezeichnet Deutsch. Und er verfügte tatsächlich über ein breites Wissen. Ausführlich erzählte er über sein Heimatland. Nach Jahren der Isolation unter *Enver Hoxha* war Albanien endlich ein Teil Europas geworden. Die Hoffnung Albaniens läge in der EU, meinte er, auch wenn es immer wieder Rückschläge gäbe.

Wenig später standen sie auf dem Parkplatz vor einem modernen Gebäude, in welchem die Talstation integriert war.

Gerlinde hatte recht gehabt. Die Seilbahn war technisch modern und sah aus wie die Seilbahnen in den österreichischen Wintersportorten. Es war auch eine österreichische Firma, die sie gebaut hatte.

Julius und Maria fuhren mit Steffi und ihren Eltern sowie mit Linda und Lara in einer der kleinen Kabinen den Berg hinauf. Die beiden jungen Frauen waren unglücklich darüber, dass sie wegen der hohen Roamingpreise auf WLAN angewiesen waren und hofften, ein solches auf der Bergstation zu finden. Steffi hatte ein Buch über Dinosaurier mitgenommen und sah sich die Bilder an.

Diplodokus, Triceratops und *Tyrannosaurus rex* waren ihr geläufige Begriffe. Gerlinde schmunzelte, als sie von Maria darauf angesprochen wurde. „Nein, das ist überhaupt nichts Besonderes, das können sie schon im Kindergarten. Saurier sind ‚in'. Selbst Kinder, die glauben, dass aus einem kleinen Rehlein einmal ein stattlicher Hirsch wird, würden niemals einen *Tyrannosaurus* mit einem *Iguanodon* verwechseln, auch wenn sich die beiden auf den ersten Blick ähnlich sehen."

„Und wie geht's in der Schule, hat Steffi viele Aufgaben?"

Heinz zuckte mit den Schultern. „Steffi, hast du viel Aufgaben?"

„Manchmal schon, aber es ist nicht so schlimm."

Heinz nickte. „Das ist der Vorteil einer Ganztagsschule, wir bekommen nicht einmal mit, was unsere Tochter an Aufgaben aufbekommt. Sie erledigt das alles in der Schule. Da gibt es Zeitfenster dafür, und die Kinder arbeiten selbstständig. Wenn sie etwas nicht verstehen, dann fragen sie den Betreuer oder die Betreuerin. Notfalls fragt Steffi am Abend uns, in diesem Fall erklären wir es ihr. Und wenn wir es auch nicht wissen, dann schauen wir gemeinsam nach. Damit lernt sie, eigenständig zu arbeiten, und wir haben alle zusammen weniger Stress. Wenn Steffi von der Schule heimkommt, ist ihre Arbeit fast immer erledigt."

Nach 15-minütiger Fahrt, die Seilbahn galt als die längste am Balkan, waren sie an ihrem Ziel angekommen und genossen den Ausblick auf Tirana. Die beiden jungen Frauen fuhren mit dem Lift in das im oberen Stock der Bergstation befindliche Lokal, wohl in der Hoffnung, ein funktionierendes WLAN zu finden. Die anderen nutzten die Gelegenheit für einen kleinen Rundgang. Kevin hielt sich wiederum dicht neben Pamela, dahinter folgten das ältere Ehepaar und Petra. Julius blieb bei der Bergstation, um sein Knie zu schonen und ein wenig in seinem Buch zu lesen. Maria erklomm einen der nahe gelegenen Hügel, kehrte aber bald zurück und leistete ihm Gesellschaft.

Sie saßen in der Sonne und Julius legte den Arm um sie. Was für ein Leben, dachte er. Einfach herrlich!

Wieder im Tal angekommen, besuchten sie den riesigen, nahe der Talstation gelegenen Bunker. Er war unter *Enver Hoxha* angelegt worden und sollte ein Weiterführen der Regierungsgeschäfte im Falle eines Angriffes sicherstellen. Die Anlage wirkte endlos. Julius, der die Enge nicht gut vertrug, wollte die

Besichtigung möglichst schnell hinter sich bringen, aber die Atmosphäre hielt ihn gefangen.

Vor allem die für *Enver Hoxha* vorgesehenen Räume hatten es ihm angetan. Der Holzschreibtisch wirkte abgewohnt und der braunrote Bezug des Stofffauteuils billig. Insgesamt machte der Arbeitsplatz des Diktators den Eindruck eines kleinen Schreibplatzes irgendwo in einer alten, schlecht gehenden Tischlerwerkstatt. Natürlich war auch ein Schlafplatz für *Hoxha* geschaffen worden. Das Doppelbett, für ihn und seine Frau gedacht, war mit einer leuchtend roten Tagesdecke bedeckt. Wie in einer billigen Pension, fand Julius. Ein rotes Telefon gab es nicht, dafür war die Toilette in roter Keramik ausgeführt. Julius empfand die sehr einfache Ausstattung der Räume des Diktators als Widerspruch zu dessen praktisch uneingeschränkter Macht. Der Bunker war allerdings nie von ihm benutzt worden. So konnte es sein, dass die Räumlichkeiten vor der Verwendung durch den Herrscher noch verändert worden wären. Julius hatte aber auch keine Ahnung, wie die normalen Arbeitsbereiche *Hoxhas* ausgesehen hatten.

Die meisten anderen Räume enthielten Ausstellungsstücke, wie Fotos, Waffen und Uniformen. Einige thematisierten das Alltagsleben oder sie waren der Kunst gewidmet. Julius atmete auf, als er endlich wieder draußen war.

Mit dem Bus erreichten sie wieder den Skanderberplatz und überquerten ihn erneut. Sie hatten viel Zeit und gingen langsam. Gelegentlich machte Christine Halt und erklärte denjenigen, die direkt bei ihr standen, ein Gebäude.

Julius versuchte, sich *Ismail Kadares* Roman ‚Die Verbannte', den er am Vorabend begonnen und fast zu Ende gelesen hatte, in Erinnerung zu rufen.

Der Protagonist, ein bekannter Dramatiker, war zu einem Gespräch ins Parteikomitee zitiert worden. Auf dem Weg rätselte er, was der Hintergrund dieser Einladung, die eher als Verhör zu verstehen war, sein könnte. Er vermutete heikle Stellen in seinem neuen Stück, das immer noch bei der Zensurbehörde lag.

Nach einer Reihe von Missverständnissen stellte sich jedoch heraus, dass es eine Widmung in einem seiner Bücher war, die ihn verdächtig erscheinen ließ. ‚Für Linda B., zur Erinnerung' hatte er geschrieben. Das war in einer seiner vielen Signierstunden gewesen. Dass er sich daran überhaupt erinnerte, war ausschließlich dem Umstand geschuldet, dass die Frau, die das Buch für eine Freundin signieren hatte lassen, kurz danach seine Geliebte geworden war.

Die Besitzerin des Buches war, wie er erkennen musste, staatsfeindlicher Umtriebe verdächtig. Er vermutete, sie war festgenommen worden und die

Geheimpolizei war so in den Besitz des von ihm mit der Widmung versehenen Buches gekommen.

Julius wurde klar, dass in einer Diktatur, wie es das System *Hoxha* gewesen war, offenbar alles und jeder verdächtig sein konnte. Der Protagonist, so wurde in dem Buch erzählt, suchte wenig später ein Café auf, um sich dort mit einem der Ermittler zu treffen. Das Café ‚Flora' war, wie das beliebte ‚Dajti', bekannt dafür, vom Geheimdienst mit Wanzen versehen zu sein. Beide Cafés waren dennoch angesagte Treffpunkte für Schriftsteller und andere Vertreter der Kulturszene. Julius fragte sich, wieso man in ein derartiges Café ging. Und was redete man dort? Sprach man nur über Belanglosigkeiten oder sagte man das, von dem man wollte, dass es der Geheimdienst hörte? Und wie reagierte der Geheimdienst, dem zweifellos bewusst war, dass die Personen, die dort hingingen, wussten, dass sie abgehört wurden?

Bei aller Bedrohlichkeit hatte dieses System auch etwas Lächerliches an sich. Bedrückend fand Julius den Umstand, dass man nie sicher sein konnte, ob die Person, mit der man gerade sprach, nicht ein Spitzel war. Noch schlimmer fand er, dass man in derartigen Situationen selbst eindeutig wohlgesonnenen Freunden nicht immer vertrauen konnte. Schließlich könnten diese ungeschickt sein und - ohne irgendeine böse Absicht - unvorsichtige Bemerkungen machen, die einem zum Verhängnis werden konnten. War ein Vergehen einmal festgestellt, konnte man nicht mit einem normalen, rechtsstaatlichen Verfahren rechnen, in dem die Chance bestand, sich zu erklären. Nein! Man musste sogar befürchten, spurlos zu verschwinden. Hinzu kam eine Sippenhaftung, die sich - und von derartigen Maßnahmen hatte Julius vorher nie gehört - über den Tod hinaus erstreckte.

Waren Menschen oder Gruppen von Menschen in einen bestimmten Landstrich verbannt worden, so durften selbst deren Leichen erst nach Ablauf der Verbannungsfrist aus diesem entfernt und woanders begraben werden.

An anderer Stelle hatte er gelesen, dass das auch für Gefängnisse galt. Verstorbene Gefangene wurden im Gefängnis begraben, ihre Überreste durften erst nach Ablauf der Haftstrafe von den Angehörigen abgeholt werden. Kam es zu einer Nachverurteilung bereits Verstorbener, weil bestimmte Delikte zu Lebzeiten noch nicht bekannt gewesen waren, dann erhöhte sich die Haftdauer. Das hatte zur Folge, dass der Leichnam erst entsprechend später freigegeben wurde.

Julius bewunderte die Menschen hier, denen nichts von der sonst oft beobachtbaren postkommunistischen Lethargie anzumerken war, sondern die sich, trotz Armut und vielen Widrigkeiten, unverkennbar in einer Aufbruchsstimmung befanden. Er fand dies umso erstaunlicher, als der albanischen Variante des Kommunismus, zumindest nach dem Bruch mit China, jegliche internationale Perspektive fehlte und im besonderen Ausmaß von Paranoia geprägt war.

Julius versuchte, sich die im Buch erwähnten Örtlichkeiten in Erinnerung zu rufen, scheiterte aber damit. Das war zum Großteil seinem schlechten Gedächtnis geschuldet, aber nicht nur. Vermutlich hatte man nach den politischen Umbrüchen manche Straßen umbenannt, und natürlich wurden manche Namen übersetzt. Ein Café ‚Flora' hatte er im Internet gefunden; wenn er etwas Freizeit hätte, würde er dort hinschauen. In der Rruga Durrësi sollte es sein. Die Straße war offenbar nach der Hafenstadt benannt.

Sie gelangten wieder zur Nationalgalerie, bogen aber links davon in die Rruga Murat Toptani ab, eine der bekannteren Straßen von Tirana, in der es Theater und Cafés gab. An deren Ende befand sich der Eingang in das Alte Schloss von Tirana, hinter dessen Mauern sich ein hochmodernes Geschäfts- und Lokalviertel verbarg. Christine empfahl ihnen den Besuch eines Einkaufszentrums, das schräg vor dem Eingang zum Schlossgelände lag, und vereinbarte ein Treffen in zwei Stunden.

Maria und Julius schlenderten über das Gelände des Schlosses und betrachteten das ausgestellte

Kunsthandwerk, vieles davon von einheimischen Künstlern.

Die Bars und Konditoreien waren offenbar auf ein gutverdienendes Publikum ausgerichtet. Wie so oft nach politischen Umstürzen, gab es auch hier eine dünne Schicht gutverdienender Menschen, deren Kinder sich vor allem untereinander trafen, und die ihren Reichtum mit dem Gefühl der Überlegenheit zur Schau stellten. Neben dieser Jeunesse dorée waren es auch ältere, augenscheinlich reiche Damen sowie Urlauber, die die Bars und Konditoreien bevölkerten.

Die beiden verließen das Schloss und betraten das empfohlene Einkaufszentrum. Maria besuchte kurz ein Jeansgeschäft, welches die üblichen internationalen Marken führte, fand aber die Preise mindestens ebenso hoch wie in Wien und stimmte gerne Julius Vorschlag zu, die Wartezeit im Terrassencafé zu verbringen. Auf dem Weg dorthin – glücklicherweise per Lift erreichbar – rechnete sie aus, was die Jeans, auf die jeweils lokale Kaufkraft bezogen, in Österreich kosten würde. Mit über 1.000 Euro pro Stück würde eines dieser edlen Beinkleider ihr Budget in Wien jedenfalls weit über Gebühr belasten.

Das Einkaufszentrum war sehr hoch gebaut, hatte jedoch einen offenen Innenraum, um den die Einkaufsflächen angeordnet waren. Beugte man sich, oben angelangt, über die Brüstung, konnte man viele

Stockwerke, und weit unter sich, die erste Ebene erkennen.

Gegenüber sahen sie Kevin und Pamela, Kevin hielt seine Frau erwartungsgemäß fest am Arm. Petra, wie immer im Dirndl, ging hinter den beiden, ebenso Lara und Linda, deren Lachen nicht zu überhören war.

„Das muss furchtbar sein", meinte Maria, „vermutlich kann er nicht einmal ruhig schlafen, wenn sie in einem Hotel weit oben wohnen. Jede Bewegung von ihr muss ihn erschrecken."

Das Personal in dem in himmelblau und rosa gehaltenen Café sprach, wie fast alle jungen Leute in der Stadt, gut Englisch, und war überaus freundlich. Eine angenehme Stadt, dachte Julius erneut, man fühlt sich hier willkommen. Aber er machte sich keine Illusionen – wie überall auf der Welt hing das auch mit dem Geld zusammen. Für hiesige Verhältnisse waren sie beide ausgesprochen reich.

Am späten Nachmittag stiegen sie wieder in den Bus. Dieser würde sie zur nächsten Station der Reise bringen, zum am Fluss Osum gelegenen Berat, etwa 100 Kilometer südlich von Tirana. Bevor sie abfuhren, hatte Grete noch eine Frage an den Buschauffeur.

„Gibt es eigentlich viele ausländische Flüchtlinge, die in Albanien bleiben? In Österreich sind es recht viele.“

„Eigentlich nicht, Gehalt und Pension betragen in Albanien ungefähr 10 Prozent von dem in Österreich, die Lebenshaltungskosten sind zwar niedriger, aber nicht um so viel. Das ist daher für niemanden attraktiv. Die weitaus meisten Flüchtlinge ziehen daher weiter.“

„Da habt ihr es aber gut!“

Julius betrachtete Grete verblüfft. Wusste sie eigentlich, was sie da von sich gab? Auch Franz hatte zustimmend genickt.

Der Fahrer nahm es gelassen, offenbar kannte er diese Art von Diskussionen, nicht zuletzt war er lange genug in Deutschland gewesen.

„Reduzieren Sie einfach alle Sozialleistungen, also auch Ihre Pensionen, um 90 Prozent, dann ist auch Österreich weniger attraktiv.“

„Das geht sich nie aus!“, erwiderte Grete entrüstet.

„Natürlich nicht, bei uns aber auch nicht, die meisten Pensionisten müssen daher dazuverdienen. Auch meine Eltern haben im Ruhestand gearbeitet, meine Mutter macht es noch immer, bei meinem Vater ist das gesundheitlich nicht mehr möglich, da muss eben ich einspringen."

Grete war noch nicht ganz überzeugt, aber sie dachte immerhin über das Gesagte nach. Ein erster Schritt, fand Julius.

„Verstehst du das?", fragte Julius Maria leise, und sie antwortete ihm in gleicher Weise.

„Ich habe den Eindruck, das ist so ein Automatismus, der bei manchen Menschen auftritt, offenbar oft ohne dass sie nachdenken."

„Aber sie hat gesagt, dass sie es toll fände, dass man hier nur 10 Prozent von dem bekommt, was bei uns üblich ist."

„Das hat sie nicht realisiert, Franz auch nicht. Die beiden haben bloß wahrgenommen, was sie hören wollten, und das war, dass hier weniger Ausländer sind. Das ist alles, Punkt! Ich habe den Eindruck, diese Reaktion ist ein bisschen so etwas wie ein Reflex. Aber Arian hat nachgelegt, unaufgeregt, was nicht so selbstverständlich ist, er hätte das auch als Angriff verstehen können, er war ja in Deutschland in einer ähnlichen Situation. Und natürlich sind es wir, die hier die Ausländer sind, auch das macht die Aussage ein bisschen eigenartig."

Auf der Fahrt nach Berat sahen sie erneut meist große Kuscheltiere, die vom Dachfirst diverser Häuser hingen, an Zäunen befestigt waren oder von den Ästen eines Baumes baumelten. Julius fand den Anblick makaber.

„Das ist gegen den bösen Blick und gegen Neid und Missgunst der Nachbarn", erklärte Christine.

Sie passierten Flusslandschaften mit breiten Schotterbetten, in denen sich das Wasser mäandrierend seinen Weg suchte. Bei Durrës berührte ihre Route kurz das Meer, ohne dass sie Halt machten. Julius musste sich mit einem sehnsüchtigen Blick begnügen. Auf dem Rückweg nach Norden, hoffte er, würden sie hier vielleicht etwas Zeit verbringen.

Er saß im Bus neben Maria hinter Martina und Mara. Die ‚Heli-Mutter', wie sie Maria genannt hatte, plauderte mit ihrem Mann Gerd, der auf der anderen Seite des Ganges saß. Sie hatte in Tirana am Markt einen Tandler gesehen, der alte Orden verkaufte. Ein Mutterkreuz war darunter gewesen, sie hatte es sich aber wegen des Hakenkreuzes in der Mitte nicht getraut, zu nehmen. Von selbst hätten sie es gar nicht erkannt, aber Franz und Grete hatten sie darauf aufmerksam gemacht. Es war das Mutterkreuz in Gold gewesen. Die beiden Alten wussten auch, dass man dafür acht oder mehr Kinder zur Welt gebracht haben musste. Ab vier Kindern gab es Bronze, ab sechs Silber.

„Die Anerkennung der Mutterschaft fehlt heute", war Martina überzeugt. „Natürlich muss man mit der Zeit gehen. Wenn man all seine Energie in auch nur ein Kind hineinsteckt, so ist das ebenso zu würdigen, und genau das fehlt in unserer Gesellschaft", erklärte sie ihrem Mann.

„Damals ging es darum, Kanonenfutter für den Führer zu produzieren." Gerd sah das weit weniger verklärt.

„Ich verstehe nicht, warum Mütter, die sich um ihre Kinder kümmern, anstatt sie an Krippen und Kindergärten abzugeben, nicht ein anständiges Gehalt dafür bekommen." Martina ging nicht auf den Einwand ein.

„Wer soll das bezahlen?"

„Na, der Staat natürlich!"

„Also die Supermarktverkäuferin, die es sich nicht leisten kann, daheim zu bleiben, soll die Reichen, die es sich leisten können, über ihre Steuer finanzieren?" Das war Gerlinde gewesen, die dem Gespräch gefolgt war. Ihre Tochter Steffi hatte sich mit Linda und Lara angefreundet und saß im hinteren Teil des Busses.

„Sie arbeiten offenbar schon wieder, wären Sie nicht lieber länger daheim geblieben?"

„Nein!" Gerlinde hatte kurz gebraucht, um zu verstehen, dass sich dieses ‚schon wieder' auf den Zeitraum von über sieben Jahren bezog. „Und Heinz auch nicht", fügte sie hinzu. „Uns war es wichtig, dass die Steffi, die ein Einzelkind ist, möglichst bald mit anderen Kindern zusammenkommt, daher haben wir sie mit einem Jahr in die Kinderkrippe gegeben, und sie ist mit Begeisterung hingegangen."

„Sie waren nur ein Jahr in Karenz?" Die Entrüstung war Martina anzuhören.

„Ich war gar nicht karenziert, Heinz hat sich Auszeit genommen."

„Gerd hätte das nie gemacht", war sich Martina sicher.

„Hätte ich die Option gehabt?" Gerd war verblüfft.

„Natürlich nicht, dass wir beide gleichzeitig in Karenz gehen, wäre sich finanziell nie ausgegangen. Aber ich hätte deine Hilfe brauchen können. Du bist in der Welt herumgefahren und ich habe mich alleine um die Kleine kümmern müssen."

„Immerhin ist sich mit dem verdienten Geld ein Hausmädchen ausgegangen, das sich auch um Mara gekümmert hat."

„Stimmt, die Marita. Um die habe ich mich auch noch kümmern müssen. Außerdem hatten wir das Mädchen nur so lange, bis Mara in die Schule gekommen ist. Aber du hast keine Vorstellung, wie aufwendig es ist, mit einem Kind Aufgaben zu machen. Wir sitzen oft von Mittag bis in den Abend hinein und arbeiten daran."

Julius blendete sich aus und machte Maria auf die Häuser links und rechts ihrer Route aufmerksam. War Geld vorhanden wurde offenbar versucht, den Baustil des klassischen Griechenlands zu kopieren, mit den dazugehörigen Säulen und den passenden Statuen im Garten. Der einfachere Baustil war anders geartet. Eine häufige Variante war ein Betonskelettbau mit drei Etagen. Von diesen wurde der oberste Stock als erster ausgebaut. Oft blieb es dabei, und in den unteren beiden Stockwerken verblieben nur die Säulen und die Stiegen, die oft ohne Geländer nach oben führten.

War das Geld knapp, so stellte man auf die oberste Plattform ein Häuschen, das deutlich kleiner war als die Grundfläche dieses Stockwerkes. Entlang ihrer Reiseroute sahen sie immer wieder derartige Häuser. Auch andere, ihm unbekannte Gebäudearten kamen vor: Riesige, weiße und nahezu fensterlose, mit klassizistischen Elementen garnierte Würfel, die man, hätte es irgendeine Werbung oder auch nur einen Namenszug darauf gegeben, auch für ausgefallene Supermärkte hätte halten können. Aber nichts Derartiges war zu sehen. „Hochzeitspaläste", erklärte Christine. Die Hochzeit wäre das wichtigste Ereignis im Leben, für das man sich gern einmal verschuldete. Und natürlich dauerte so ein Fest mehrere Tage. Und man lud viele Gäste ein, je nach finanzieller Möglichkeit. Aber gespart wurde bei Hochzeiten nicht.

Es dämmerte bereits, als Berat in Sicht kam. Der Busfahrer brachte sie direkt zum Hotel, wo sie sofort eincheckten.

Das Abendessen nahmen sie in einem der Lokale nahe dem Fluss Osum ein. Die Gaststätten lagen, eine neben der anderen, am Bulvardi Republica. Die meisten waren einfach und servierten nur Getränke. Deren Auswahl ließ sich durch einen Blick auf den obligatorischen, mit Glastüren versehenen, Kühlschrank im Gastgarten erkennen. Das Bier allerdings wurde gezapft und hatte die Qualität, wie sie überall am Balkan zu finden ist: Es war ausgezeichnet. Essen gab es nur in wenigen Lokalen, aber Christine wusste Bescheid.

Beim Heimgehen schlug Martina vor, eine spiritistische Sitzung abzuhalten, Grete war sofort Feuer und Flamme. Heinz bat die beiden, ihm das erst einmal zu erklären. Natürlich hatte er gewisse Vorstellungen, aber ob diese richtig waren, wusste er nicht.

Martina war in ihrem Element. „Wir setzen uns einfach im Kreis um einen Tisch, zünden eine Kerze an und rufen irgendjemanden, der schon verstorben ist. Jemand von uns ist das Medium – das könnte ich sein, ich habe das schon öfter gemacht. Dem Geist können wir dann Fragen stellen."

„Dann war meine Vorstellung ohnehin korrekt", bestätigte Heinz, aber weder er noch Gerlinde hatten Interesse daran. Julius erklärte seine grundsätzliche Bereitschaft, meinte aber, er wäre zu müde. Maria sagte offen heraus, dass sie für einen derartigen Unsinn nicht zur Verfügung stünde. Franz meinte, er wäre zwar neugierig, aber ebenfalls viel zu müde und läge im Geiste schon im Bett. Er würde einschlafen, sobald man das Licht abdrehte.

„Funktioniert das auch mit lebenden Menschen, wenn diese weiter weg sind?" Pamela hatte das gefragt, aber Kevin reagierte unerwartet emotional.

„Das ist doch kompletter Unsinn!", fauchte er seine Frau an.

„Sie können auch mit verstorbenen Haustieren in Kontakt treten", versuchte Martina das Interesse der anderen zu wecken, aber vergeblich. Vielleicht war es einfach schon zu spät am Abend.

Julius fiel todmüde ins Bett, konnte aber nicht einschlafen.

Vielleicht hätte ich doch an der spiritistischen Sitzung mitmachen sollen, überlegte er, nachdem er sich eine gute Stunde im Bett gewälzt hatte. Als Student hatte er ein paarmal an derartigen Aktivitäten teilgenommen. Eigentlich mochte er diesen Hokuspokus, vor allem, wenn Leute dabei waren, die daran glaubten. Das war damals leider kaum jemals der Fall gewesen.

Er fragte sich, ob es hier in der Zeit der Diktatur auch Interesse an spiritistischen Sitzungen gegeben hatte. Er konnte sich erinnern, gelesen zu haben, dass sich diese gerade in Diktaturen bei der Bevölkerung besonderer Beliebtheit erfreuten. Wahrscheinlich, weil die Menschen in der Welt der Geister den einzigen Lebensbereich sahen, auf den die Geheimpolizei keinen Zugriff hatte.

Unter *Hoxha* war religiöse Betätigung verboten gewesen, das hatte für alle Religionsgemeinschaften gegolten. Anders als spiritistische Zirkel, die sich bildeten und wieder auseinandergingen, ohne dass es notwendigerweise fixe Rollen und Dokumente gab, waren Religionsgemeinschaften jedoch leicht von der Polizei ausfindig zu machen. In einer Religionsgemeinschaft aktiv zu sein war demnach deutlich riskanter, als gelegentlich zu einer Séance zu gehen.

Ihm fiel ein, dass Kevin ziemlich emotional gemeint hatte, die Séance wäre kompletter Unsinn. Natürlich war sie das, aber warum hatte er so emotional reagiert, beinahe, als ob er Angst davor hatte? Bisher war er seiner Frau gegenüber immer extrem fürsorglich aufgetreten, diesmal aber hatte er sie an der Hand gepackt und hätte sie weggezerrt, wenn sie nicht nachgegeben hätte. Ihr war die Szene offenbar peinlich gewesen. Im Weggehen hatte sie „Du hast natürlich recht" gesagt, wie um seine Intervention weniger schroff wirken zu lassen. Julius hatte schon mehrmals den Eindruck gehabt, dass ihr die Harmonie in ihrer Ehe außergewöhnlich wichtig war. Ob das nur dann galt, wenn Außenstehende in der Nähe waren, oder ob sie generell ein ausgeprägtes Harmoniebedürfnis hatte, wusste er natürlich nicht. Ihm schien Pamela nicht nur sehr jung, sondern auch naiv und unerfahren zu sein. Aber das war eher ein Bauchgefühl, er konnte sich auch irren.

Da er ohnehin nicht schlafen konnte, griff er in die langsam leichter werdende Tasche mit den noch ungelesenen Büchern. Er würde den Zufall entscheiden lassen.

Es war erneut ein Buch von *Ismail Kadare,* das er herauszog. Die ‚Schleierkarawane' beschrieb die Geschichte eines Mannes, dessen Aufgabe es war, Gesichtsschleier für Frauen in die entfernteren Teile des Reiches zu bringen. Dorthin, wo es bislang kaum verschleierte Frauen gab. Durch ein Dekret des Sultans sollten endlich auch diese verpflichtet werden, sich zu verhüllen. Mit dem angesprochenen entfernten Teil des Reiches war offenbar das Territorium des heutigen Albaniens gemeint. Interessiert begann Julius zu lesen.

Der Mann, dessen Geschichte erzählt wurde, zog seinem Auftrag gemäß mit seinen bepackten Eseln Richtung Norden. Die Tiere waren mit riesigen Mengen an Gesichtsschleiern beladen. Für den Mann war die Verschleierung von Frauen etwas Selbstverständliches, etwas anderes hatte er noch nie gesehen, nur gerüchteweise davon gehört. Die Vorstellung, dass Frauen unverschleiert sein könnten, entsetzte ihn. Undenkbar, wie sollte das gehen? Unverschleierte Frauen waren für ihn der Gipfel der Unvernunft.

Die ersten unverhüllten Frauen traf er an einer Wasserstelle an, an der er seine Esel tränkte. Als er sich dem Brunnen näherte, erwartete er jeden Augenblick, dass sie kreischend vor ihm fliehen würden. Entgegen seinen Erwartungen blieben sie nicht nur bei der Tränke, sondern begrüßten ihn auf das freundlichste, lachten fröhlich miteinander und wünschten ihm, als er sich anschickte weiterzuziehen, eine gute Reise.

Der Mann war zugleich irritiert und fasziniert und konnte an nichts anderes mehr denken als an die lachenden, glücklichen Gesichter dieser Frauen.

Schnell gewöhnte er sich an den Anblick unverschleierter Frauen, bis ihm dieser selbstverständlich wurde. Dennoch erledigte er gewissenhaft seinen Auftrag.

Als er viele Monate später in die Region zurückkehrte, hatte sich das Land verändert. Auf der Straße waren kaum Menschen und gar keine Frauen mehr zu sehen, gelegentlich hörte er aus den Häusern ein Schluchzen. Im Bewusstsein, dass er es gewesen war, der das Unglück über diese Menschen gebracht hatte, wurde der einfache Mann verrückt.

Julius hatte bis tief in die Nacht gelesen, aber es war ihm nicht möglich gewesen, vor Ende des Buches aufzuhören. Lange nach Mitternacht legte er es weg und schaltete das Licht aus. Maria war schon längst eingeschlafen. Ein paarmal wälzte er sich noch hin und her, um eine schmerzlose Schlafposition zu finden, endlich fiel auch er in einen tiefen, traumlosen Schlaf.

Erst gegen Morgen, an der Grenze zum Erwachen, begannen die Erinnerungen an das Buch in seinem Kopf erneut zu wachsen. Wie in einem Film erhob sich das Gelesene zu neuem Leben. Er sah sich im Reisebus, umgeben von verschleierten Frauen. Von Panik ergriffen richtete er sich in seinem Bett auf und sah zu seiner Freundin hinüber, in der ängstlichen Erwartung, sie mit einem schwarzen Gesichtsschleier neben sich im Bett liegen zu sehen. Noch immer nicht vollständig munter trat er ans Fenster und war erst beruhigt, nachdem er auch die Frauen auf der Straße gesehen hatte. Der Versuch des Sultans war letztlich erfolglos geblieben.

Erleichtert atmete Julius auf und weckte Maria. Beim Frühstück erzählte er ihr und den beiden am Tisch sitzenden Alten von dem Buch.

„Ab einem gewissen Alter kann ich dem etwas abgewinnen“, sagte Franz in Richtung Grete, offenbar wollte er sie provozieren, scheiterte aber grandios.

„Du brauchst bloß die Brille abzunehmen, ich mache das auch oft.“

Franz nickte reumütig. „Du hast recht, das hat die Natur gut eingerichtet, man sieht immer schlechter, hört und riecht nicht mehr so gut, und wenn einen dennoch etwas stört, so hat man es am nächsten Tag vergessen.“

Nach dem Frühstück verstauten alle ihre Sachen im Bus. Sie würden gleich nach der Stadtbesichtigung losfahren.

Der Rundgang durch den niedrig gelegenen Stadtteil war kurz und beschränkte sich auf die unmittelbare Umgebung des Hotels, dann ging es den Berg hinauf in Richtung Burg. Die engen Gassen waren steil und für Julius, obwohl er in weiser Voraussicht seinen Stock mitgenommen hatte, nicht zu schaffen. Er vereinbarte mit Christine, dass er im flachen Teil der Stadt noch einen kleinen Rundgang machen und sie danach in einem der Lokale, die sie gestern gesehen hatten, erwarten würde – im Gastgarten, so könnten sie ihn sofort sehen.

Julius begann seinen Rundgang mit der orthodoxen Kathedrale, die dem heiligen Demitrios geweiht war. Die Kirche sah ordentlich aus, mit einer schönen Ikonostase und all den anderen Attributen einer orthodoxen Kirche. Sie war für ihn jedoch nur von geringem Interesse. Gebaut war sie zwar im alten Stil, Baubeginn war aber 2002 gewesen, sie konnte also noch nicht sehr lange fertiggestellt sein. Vielleicht lag es daran, dass ihn die danebengelegene Bleimoschee mehr interessierte. Diese stammte aus dem 16. Jahrhundert, hatte eine Kuppel aus Blei und war relativ klein. Die Tür stand offen. Sie war leer, als Julius eintrat. Der Eingang führte unmittelbar in den Gebetsraum der Männer. Dieser war etwas erhöht und mit einem weichen Teppich ausgelegt. Rechter Hand gab es einen Vorhang, hinter dem die Frauen beten konnten. Der Vorhang stand einen Spalt offen und Julius nutzte die Gelegenheit, einen Blick hineinzuwerfen. Auch dieser Raum war leer, mit einem Teppich ausgelegt und von der Größe her dem der Männer ähnlich.

Als Julius die Moschee nach wenigen Minuten wieder verließ, hockte eine alte Frau vor dem Eingang. Offenbar hatte sie ihn hineingehen gesehen und hoffte auf Almosen. Julius wusste, dass Almosen zu den fünf Säulen des Islam gehören und gab ihr einen kleinen Geldbetrag, der für die Beschenkte jedoch unerwartet hoch gewesen sein dürfte, wie er den Dankesbezeigungen entnehmen konnte.

Er schlenderte weiter zum Bulvardi Republica, suchte das vereinbarte Lokal, bestellte sich ein Bier und begann ein neues Buch: ‚Chronik in Stein'. Die Handlung sollte in Gjirokastër spielen, ihrem nächsten Ziel, und autobiografische Züge tragen. Auch dieses Buch war von *Ismail Kadare* und Julius bemerkte, wie er immer mehr begann, das Land durch die Brille dieses Autors zu betrachten.

Erst als ihn seine Augen zu schmerzen begannen, legte er seine Lektüre beiseite und beobachtete die Vorübergehenden. Verglichen mit dem Abend zuvor, waren nur wenige Leute auf der Straße unterwegs. Die meisten waren einkaufen oder sie gingen ihren beruflichen Tätigkeiten nach. Im Unterschied zu den großen Städten Europas wirkte hier alles etwas geruhsamer. Man ging langsamer und hatte genug Zeit, gelegentlich ein paar Worte mit anderen Passanten zu wechseln.

Manche der älteren Menschen hatten erkennbar Hüft- oder Knieprobleme. Das war ihm auch schon in Wien aufgefallen. Seitdem er Schwierigkeiten mit seinem Bein hatte, sah er diese auch bei anderen. Das musste an seiner geschärften Beobachtung liegen. Es war kaum anzunehmen, dass gleichzeitig mit seinen Knieproblemen dieses Leiden überall in Europa epidemieartig ausgebrochen war.

Die Sonne lachte vom Himmel, Julius trank sein zweites Bier und las in seinem Buch weiter, bis die Reisegruppe vom Berg zurückkam. Die meisten hatten unterwegs eine Kleinigkeit gegessen, sodass beschlossen wurde, gleich aufzubrechen. Julius war hungrig, sagte aber nichts. Schließlich wollte er ohnehin etwas Gewicht verlieren.

Am Weg zum Bus erzählte ihm Maria, dass sie doch recht hoch hinaufgekommen waren, dementsprechend eindrucksvoll war der Ausblick gewesen. Man konnte das Tal sehen, dessen ebener Talboden von der Stadt vollständig ausgefüllt wurde. Was sie erstaunt hatte, war der breite Raum, den der Fluss auch im Nahbereich der Stadt zur Verfügung hatte. Julius war froh, dass er nicht mitgegangen war. Da hätten seine Knie nicht mitgemacht, aber die Fotos, die Maria geschossen hatte, betrachtete er mit großem Interesse.

Ihr Chauffeur hatte für die Fahrt nach Gjirokastër vier Stunden veranschlagt. Wie schon zuvor verlief die Route lange Zeit entlang eines Flussbetts. Der Fluss war auch hier nicht in ein enges Korsett gezwängt, wie er es von daheim kannte, sondern verfügte über ein breites Schotterband, in dem er seine Mäander ziehen konnte. Unterwegs passierten sie einen Markt, der auf der Straße errichtet war und der sie zwang, sich im Schritttempo hindurchzuschlängeln.

Wenig später sahen sie ein Haus, das einem Schiff glich. Die Ähnlichkeit war so stark, dass sie es sicher für ein Schiff gehalten hätten, wenn es irgendwo in der Nähe ein Gewässer gegeben hätte. Aber das Haus war auf einer Bergkuppe errichtet worden. Offenbar war man in Albanien, was Architektur betraf, sehr flexibel. Ob griechische Tempel oder ein Schiff - alles war möglich.

Der Chauffeur machte sie auf einen Hügel in der Ferne aufmerksam: Gjirokastër. In einer halben Stunde würden sie im Quartier sein.

Bald ging es aufwärts. Die Straßen waren so eng und steil, dass Maria erklärte, sie würde es sich dreimal überlegen, hier mit ihrem alten Volvo zu fahren. Aber Arian kannte die engen Gassen und fand mühelos durch das Geflecht aus Einbahnen und Sackgassen. Manchmal war die Steigung so stark, dass sie von Fußgängern überholt wurden. Und bei manchen Kehren konnte der Bus gar nicht den direkten Weg nehmen, sondern musste geradeaus weiterfahren und bei nächster Gelegenheit umdrehen, um bei der Rückfahrt in die richtige Straße einzubiegen.

Endlich hielten sie vor einem kleinen Hotel. Jetzt erst bemerkte Julius, dass er sich während der letzten Kilometer ängstlich an einem Haltegriff im Bus festgekrallt hatte. Nachdem er ausgestiegen war, massierte er seine schmerzenden, verkrampften Finger.

Beim Ausladen des Gepäcks glaubte er, seinen Augen nicht trauen zu dürfen. Hier oben auf dem Berg, der selbst für einen Pkw kaum zu erklimmen war, fuhr ein Linienbus an ihnen vorbei und hielt wenige Meter nach dem Hotel an einer Haltestelle.

Julius fragte Arian, der sich über sein Erstaunen wunderte. Natürlich fuhr hier ein Bus! Der Weg war so steil, dass viele ältere Menschen ihn nicht mehr gehen konnten. Und die mussten doch auch herauf- und hinunterkommen. Und der Linienbus wäre schließlich auch nicht viel größer als der Bus, mit dem sie gekommen waren.

Nach dem Einchecken stand ein erster Spaziergang auf dem Programm. Die Straßen der Stadt waren so steil angelegt, wie sie *Kadare* in der ,Chronik in Stein' beschrieben hatte: Verließ man sein Haus, befand man sich auf Dachhöhe des darunter stehenden Gebäudes. Es schien beinahe, dass man, oberhalb einer Moschee gehend, seine Mütze auf die Spitze eines Minaretts setzen konnte.

Die Aussicht war dementsprechend großartig. An ihrer höchsten Stelle thronte eine riesige Burg. Die ganze Stadt war in der grauen Farbe der Steine gehalten, auch die Dächer waren mit dem gleichen Material gedeckt. Gelegentlich begegnete ihnen ein Auto, ein paar Kinder spielten auf der Straße oder liefen, als größere, fröhliche Schar, von einem Haus zum anderen. Ansonsten waren die Straßen weitgehend menschenleer.

Das änderte sich, als sie etwas unterhalb ihres Hotels in eine Parallelstraße einbogen. Julius war überrascht. Hier herrschte ein reges Treiben, ein Geschäft lag neben dem anderen, auch sämtliche Bars und Restaurants der Stadt konzentrierten sich offenbar in diesem Bereich.

Christine deutete auf ein kleines Lokal, hier würden sie sich in einer guten Stunde zum Abendessen treffen, bis dahin konnten sie in den zahlreichen Andenken- und Kunsthandwerkläden schmökern.

Julius und Maria warfen einen kurzen Blick auf die ausgestellten Waren, fanden nichts Passendes, und gingen weiter, um einen angenehmen Ort zum Warten zu finden. Vor einer Bar waren kleine Tische und Sessel aufgestellt. Hier nahmen sie Platz, um vor dem Essen ein Bier zu genießen. An einem der anderen Tische plauderte Petra mit dem älteren Ehepaar und ihnen, schräg gegenüber, auf der anderen Seite der Straße, saßen Kevin und Pamela in einem Lokal. Es waren vor allem die beiden Familien mit den Kindern, die den Verlockungen der Geschäfte nicht entkommen konnten.

Das Stechen in Julius Knie hatte sich verstärkt, keine Frage – das steile Gelände machte sich bemerkbar.

Sie überlegten, wie die Stadt bei schweren Regenfällen aussehen würde. Die gepflasterten Straßen würden sich in Sturzbäche verwandeln und alles mitreißen, was nicht niet- und nagelfest war. Julius fiel ein, was *Kadare* über seine Kindheit geschrieben hatte: Einstmals waren die drei, mit Hundenamen belegten, Bäche angeschwollen, hatten Schlamm und Steine mitgespült, bevor sie sich in den Fluss am Fuße der Stadt ergossen hatten, der die große Straße unter sich begraben hatte.

Neben den Touristen, die offenbar autobusweise hierher gekarrt worden waren - der Sprache nach zu schließen, mehrheitlich Niederländer - schienen sich auch die Einheimischen auf diesen Stadtteil zu konzentrieren, wenngleich es eher die Bars waren, die sie bevorzugten.

Eine alte Frau, auffällig klein, mit dem zerfurchten Gesicht einer alten Kartoffel, aber wachen Augen, humpelte vorbei. Gleichmütig kämpfte sie sich die Straße hinauf, auch wenn ihr das Gehen erkennbar schwerfiel.

Ich sollte mir ein Beispiel an der Alten nehmen, dachte Julius. Ich Luxusgeschöpf werde mit dem Autobus durch fremde Länder chauffiert, wohne in luxuriösen Hotels, kenne Hunger und Frieren in Wahrheit nur vom Hörensagen und sollte endlich aufhören zu jammern. Ihm fiel ein, dass er über eine Reihe von unglücklichen Ereignissen gelesen hatte, die vor über 40 Jahren diese Stadt heimgesucht hatten und die auf die Tätigkeit von Hexen zurückgeführt worden waren. Diesem Aberglauben geschuldet, war es damals für einige Zeit üblich gewesen, dass Männer ihre vom Friseur gekürzten Haare in ein Taschentuch eingeknotet mitgenommen hatten, um sie daheim zu verbrennen. Auf abgeschnittene Fingernägel wurde gleichermaßen geachtet. Auch sie, wurde befürchtet, konnten einer Hexe Macht über ihren ehemaligen Besitzer geben.

Den Abend widmete Julius erneut seiner Lektüre. Für den nächsten Tag war eine Reihe von Besichtigungen vorgesehen, bis dahin wollte er die ‚Chronik in Stein' fertiggelesen haben.

Beim Frühstück war Kevin auffällig nervös. Julius hatte ihn, neugierig wie immer, während sie am Büfett standen, nach dem Grund gefragt. Kevin hatte fahrig abgewunken und auf später verwiesen. Beim Verlassen des Hotels nutzte er die Gelegenheit, währenddessen seine Frau mit dem älteren Ehepaar plauderte.

„Pamela ist hoch depressiv", erklärte er, „und das ist für mich nachvollziehbar. Ihre Mutter wurde vor drei Jahren durch eine Manipulation an ihrem Auto ermordet. Als Täter wurde ihr Vater überführt, der aber flüchten konnte."

„Weiß man etwas über sein Motiv?"

„Nein, überhaupt nichts, aber es kann gut sein, dass er auch uns nach dem Leben trachtet. Seit dem Mord verfolgt uns dieser Gedanke. Heute früh habe ich einen Anruf eines Freundes erhalten, der gemeint hat, Hinweise dafür zu haben, dass Pamelas Vater nach Albanien gereist ist. Das kann doch kein Zufall sein, wer reist schon zeitgleich mit uns nach Albanien? Daher meine Nervosität."

Julius nickte. „Kann ich euch irgendwie behilflich sein?"

„Vielen Dank, aber damit müssen wir leider selbst fertig werden."

„Verstehe!"

Julius beeilte sich, um Maria einzuholen. Er rekapitulierte das Gehörte.

„Wieso habe ich gesagt, dass ich ihn verstehen würde?", beendete Julius seinen Bericht. „Ich habe nicht verstanden, wie er gewarnt werden konnte. Das müsste doch jemand sein, der in irgendeiner Form Kontakt zum Umfeld von Pamelas Vater hat. Und wenn diese Person bekannt ist, dann müsste ihr Vater ja auch zu finden sein - von der internationalen Polizei, wie immer das funktioniert. Und ich verstehe auch nicht, warum Kevin jede Hilfe ablehnt. Wir könnten doch ebenfalls die Augen offenhalten. Wenn er uns ein Foto von ihrem Vater zeigte, wäre es uns möglich, wachsam zu sein. Zweifellos effektiver als er. Vor ihm würde sich der Mann verstecken, uns hingegen kennt er nicht. Aber Kevin war in diesem Punkt dermaßen abweisend, dass ich nicht weiter gefragt habe."

Das erste Objekt, das sie an diesem Morgen besichtigten, war das *Skënduli*-Haus, durch welches sie von der Tochter des Besitzers geführt wurden.

Das riesige Gebäude hatte vier Stockwerke und war im 17. Jahrhundert aus Stein erbaut worden, wobei in den Mauern immer wieder mächtige Bretter aus Kastanienholz eingeschlichtet waren, die als Stoßdämpfer bei den hier häufig vorkommenden Erdbeben fungieren sollten. Unter dem Haus befand sich, wie offenbar üblich, eine riesige Zisterne, in der das von den Dächern ablaufende Regenwasser gesammelt wurde. Julius hatte gelesen, dass dies auch durchaus gefährlich werden konnte, wenn das über die zahlreichen Regenrinnen gesammelte Nass das Füllvolumen der Zisterne überforderte. In so einem Fall würde diese überlaufen und die Fundamente des Hauses konnten unterspült werden. *Kadare* hatte beschrieben, dass dann die ganze Nachbarschaft zusammengelaufen kam, um die Zisterne auszuschöpfen und das Wasser mit langen Eimerketten vom Haus wegzubringen.

Viele der großen Räume verfügten über Gitter, hinter denen die weiblichen Bewohner des Hauses früher dem geselligen Treiben der Männer zugesehen hatten. Offenbar gab es sogar eigene Treppen, die es den

Frauen ermöglicht hatten, ungesehen durch das Haus zu huschen, wenn Gäste anwesend waren.

Die sieben Kamine des Gebäudes wurden als ein Zeichen für den großen Reichtum der Familie betrachtet, die das Haus gebaut hatte und es, in der 9. Generation, immer noch besaß.

Betten hatte es früher keine gegeben. Am Abend wurden Matratzen aufgelegt, die am Morgen wieder zusammengerollt und verstaut wurden. Die Raumaufteilung folgte strikten Regeln. Das jungverheiratete Paar bekam ein besonders schön liegendes Zimmer zugewiesen, das es aber zu gegebener Zeit dem nächsten Brautpaar übergeben musste.

Wie mochte das Leben in einem Haus gewesen sein, in dem ein übermächtiger Patriarch alles bestimmt hatte, dem sich alle anderen Männer unterordnen mussten, und wo die Frauen zu einem teilweise unsichtbaren, jedenfalls aber mehrfach untergeordneten Leben verdammt gewesen waren?

War das *Skënduli*-Haus zweifellos eines der Highlights ihrer bisherigen Reise gewesen, so war das nur wenige Meter entfernte ethnografische Museum für Julius eine Enttäuschung. Hier, im Geburtshaus von *Enver Hoxha* waren einige Zimmer im für Gjirokastër typischen Stil eingerichtet. Über der Tür eines Raumes hing ein Zettel mit der Aufschrift: Living Room, Birth Room of *Hoxha*. Er war lieblos eingerichtet.

Sie erfuhren, dass das Haus abgebrannt und 1966 neu errichtet worden war. Maria, die mit dem Museum ebenfalls nicht viel anfangen konnte, meinte, dass der Grund für die fehlende Authentizität darin liegen könnte, dass es eben ein Neubau war. Möglicherweise hielt sich auch die Begeisterung der Betreiber in Grenzen, *Hoxhas* Geburtshaus besonders attraktiv zu gestalten.

Zu Julius Bedauern war ein Besuch des Geburtshauses von *Ismail Kadare* gerade nicht möglich. Er hätte gerne die Atmosphäre des Elternhauses dieses herausragenden Schriftstellers erspürt.

Nach einem kleinen Imbiss ging es Richtung Burg. Julius und Maria waren etwas zurückgefallen. Mit dem lädierten Knie ging es nicht so schnell, aber die Reiseleiterin hatte ihnen den Weg erklärt. Sie konnten ihr Ziel nicht verfehlen. Ein Stück oberhalb stiegen Pamela und Kevin die steile Straße hinauf.

Julius beobachtete die beiden. Offenbar waren sie in ein Gespräch vertieft. Mit einem Mal packte Kevin seine Frau am Arm und zerrte sie in eine Hauseinfahrt. Maria hatte es ebenfalls gesehen und eilte voraus, Julius kam, so schnell er konnte, nach. Was sollte das bedeuten? Schwer atmend erreichte er den

Innenhof, wo die anderen standen. Auch Petra, die beiden jungen Frauen und Franz hatten den Vorfall bemerkt und waren herbeigelaufen.

„Wir werden offenbar verfolgt“, erklärte Kevin, als Julius eintraf. „Ich bin sicher, dass es Pamelas Vater war, der vor uns aus dem Hauseingang getreten ist.“

Julius ließ sich die Person beschreiben. Ein mittelgroßer Mann, knapp 50 Jahre alt, mit viel Übergewicht, langen rötlichen Haaren und einem ebensolchen wallenden Bart. Diese Gestalt hatte Julius vorhin auch gesehen, aber natürlich keinen Zusammenhang mit Pamela hergestellt.

Der Mann war ihm entgegengekommen, als er die Straße hinaufgeeilt war. Julius ging zum Tor und warf einen Blick hinaus. Weit unten sah er ihn gehen, das auffällige Äußere machte es einfach, ihn zu erkennen. Der Rothaarige bog in eine Querstraße ein. Dann war er verschwunden.

Langsam, damit auch Julius mithalten konnte, ging die Gruppe weiter. Kevin blickte immer wieder hinter sich, er wirkte aufgeregt und nervös. Im Gehen erklärte er, was er bereits Julius erzählt hatte. Pamelas Mutter war vor drei Jahren ermordet worden und die Polizei hatte ihren Vater als Täter überführt. Dieser hatte jedoch fliehen können und jetzt gäbe es einen Hinweis, dass er ihnen nach Albanien nachgereist war. Wenn er tatsächlich hier war, meinte Kevin, konnte das nur bedeuten, dass er sie verfolgte, und das verhieß nichts Gutes.

Pamela blickte an Kevin vorbei. Offenbar war sie anderer Meinung, wollte aber ihren Mann nicht unterbrechen. Und sie wirkte keineswegs beunruhigt. Erst nachdem er geendet hatte, erklärte sie, dass das nicht ihr Vater gewesen war. Der Mann habe anders ausgesehen und er habe sich auch anders bewegt. Es war Pamela anzumerken, dass sie Kevin nur ungern widersprach. Aber sie blieb bei ihrer Meinung. In gedrückter Stimmung marschierte die Gruppe weiter bergauf. Petra und die beiden jungen Frauen hatten sich an der Diskussion nicht beteiligt.

Bei der Burg angelangt, genoss Julius den Ausblick. Auf die Besichtigung der inneren Anlagen verzichtete er schweren Herzens. Er fürchtete, etwaigen Stiegen nicht gewachsen zu sein. Beim Rückweg ließ er seine Reisegefährten vorausgehen und folgte langsam mit Maria. Seine Knie – beide mittlerweile – die sich auf der Burg etwas beruhigt hatten, begannen erneut zu schmerzen. Der Tag war anstrengend gewesen, und er hatte die letzte Nacht kaum geschlafen. Alle Tricks, wie ein Polster unter dem Knie, waren gescheitert.

„Komisch“, meinte Maria, während sie langsam bergab gingen. „Kevin war sich völlig sicher, dass es Pamelas Vater gewesen ist. Pamela war sich jedoch ebenso sicher, dass er es nicht war. Ich hatte sogar den Eindruck, dass sie etwas genervt war. Wie kann das sein? Wenn es eine Gefahr gibt, dann ist sie zumindest genauso betroffen wie ihr Mann. Oder die beiden haben uns nicht alles gesagt."

„Denken wir einmal die Möglichkeiten durch. Möchtest du anfangen?"

„Gerne! Nehmen wir an, er war es nicht und Pamela hat recht. Warum meint dann Kevin, dass er ihren Vater gesehen hat? Ich sehe zwei Möglichkeiten.
A: Er hat sich geirrt. Das kann durchaus sein, schließlich hat er ihn nur kurz gesehen.
Oder B: Er hat nur so getan, als ob er ihren Vater erkannt hat. Es muss ihm klar gewesen sein, dass er damit Pamela Angst einjagen kann. Wenn sie bereits psychische Probleme hat, würde es diese eher verstärkten. Das muss ihm klar sein. Nimmt er das in Kauf, oder zielt er womöglich sogar darauf ab? Auch das wissen wir nicht. Jetzt bist du dran!"

„Na gut, nehmen wir an, es war Pamelas Vater und Kevin hat recht. Warum behauptet dann Pamela das Gegenteil?
Möglichkeit A: Sie hat sich geirrt. Auch sie hat die Person nur kurz gesehen, trotzdem kann ich mir nicht vorstellen, dass sie ihren eigenen Vater nicht erkennt.
Möglichkeit B: Sie hat ihn erkannt, will sich das aber nicht eingestehen. Sie hat so viel Angst, dass sie die

Augen vor der Wahrheit verschließt. Dagegen spricht, dass sie, anders als Kevin, ziemlich unaufgeregt war. Und C: Sie hat ihn erkannt und leugnet es. In diesem Fall muss sie einen bestimmten Zweck verfolgen. Das wäre eine völlig neue Situation. So gesehen ist möglicherweise Kevin derjenige, dem Gefahr droht."

Beim Abendessen fragte Julius die Reiseleiterin, ob es einen Arzt gäbe, der ihm etwas Schmerzstillendes verschreiben konnte.

„Sie müssen dem Arzt sagen, dass Sie die vergangene Nacht vor Schmerzen geschrien haben", versuchte Grete ihn zu überzeugen.

„Das wäre eine ziemliche Übertreibung!" Julius versuchte, die Diskussion zu beenden, aber Martina fiel ein. „Das geht nicht anders. Wenn Mara etwas hat, dann rufe ich den Arzt an und tu so, als läge sie im Sterben."

Christine wechselte einige Worte mit Arian, bevor sie sich Julius zuwandte. „Haben Sie irgendwelche Probleme, die der Arzt wissen sollte – Diabetes, Allergien, Niereninsuffizienz, Herz-, Leberschäden oder sonst etwas in diese Richtung?"

Julius sah die Reiseleiterin erstaunt an und schüttelte den Kopf.

„Gut, unser Fahrer kümmert sich darum. Morgen früh haben Sie einen Termin." Sie redete nicht viel, aber sie wusste, was zu tun war. Julius war ihr dafür dankbar.

Vor dem Schlafengehen las er weiter in *Kadares* Buch. Obwohl ihm nur noch wenige Seiten fehlten, konnte er sich nicht konzentrieren. Er legte das Buch weg und versuchte zu schlafen.

Die Schmerzen in seinem Knie verfolgten ihn bis in den Schlaf. Julius träumte, er wäre Arzt in Gjirokastër. Er trug eine Art weißen Faltenrock, wie er ihn im Museum in Tirana gesehen hatte, und einen riesigen Schnurrbart. In seinem Gürtel steckte ein Gewehr, und seine Arzttasche war groß genug, um damit kleinere Patienten zu transportieren.

Er hatte einen Arzthelfer, der aber vor allem als Sekretär arbeitete und die Adressen der Kranken aufschrieb, die ihm die Angehörigen zuriefen. Er hastete, getrieben von den besorgten Familien, hinauf und hinunter und kreuz und quer durch die meist steilen Straßen von Gjirokastër, immer verfolgt von einer Traube Menschen.

Neben ihm liefen die Angehörigen der Familien, die bereits auf seiner Liste standen und die ihn anfeuerten, schneller zu rennen, um das Leben ihrer Lieben zu retten. War er dann angelangt, stellte sich die Krankheit als Schnupfen oder sonst eine vorübergehende Unpässlichkeit heraus. Seine Beine schmerzten, aber er konnte nicht Rast machen.

„Meine Tochter liegt im Sterben", flehte ihn ein Vater an, „sie hat so hohes Fieber, dass wir sie in einen Gebirgsbach legen mussten, um ihr Leben zu retten." Als sich bei dem hoch auf einem Berg gelegenen Haus herausstellte, dass man ihn in Wahrheit für eine Vorsorgeuntersuchung des zahmen Zwergkaninchens gerufen hatte, brach er zusammen und kam erst im Gitterbett einer psychiatrischen Klinik zu sich.

Der Traum war überzeugend gewesen, nach dem Aufwachen hatte er neben seinen Knieschmerzen auch noch einen Muskelkater in den Oberschenkeln.

Wie wäre es, fragte er sich, wenn man andauernd Schmerzen hatte, Tag und Nacht und für längere Zeit? Änderte sich dann die Persönlichkeit? Würde er dann zu dem griesgrämigen alten Mann werden, der zu sein er jetzt schon manchmal vorgab?

Es war fast noch eine Stunde, bis sie frühstücken konnten und Maria schlief noch. Julius wusste, dass sie diesen Tag vor allem im Bus verbringen würden, und beschloss daher, einen kleinen Spaziergang zu machen. Viel Bewegung war schlecht, keine Bewegung ebenso, er musste den richtigen Mittelweg finden. Nachdem er einen Zettel auf Marias

Nachtkästchen gelegt hatte, um ihr zu erklären, dass er kurz außer Haus gegangen war, verließ er das Hotel.

Die Sonne schien schon hell, zeichnete aber noch lange Schatten auf die Straße. Die Luft hatte die Kälte des frühen Morgens. Julius ging mit Hilfe seines Stockes und genoss die Kühle und die langsamen Bewegungen. Er war froh, so früh aufgestanden zu sein. Das war die Stimmung, die er liebte. Auch das Licht war um diese Zeit anders als sonst. Wäre er ein Fotograf, fände er kaum eine Ecke, die sich nicht für ein Fotomotiv anbot. Sogar die Menschen erschienen ihm um diese Uhrzeit anders zu sein. Die Massenströme in die Arbeit hatten noch nicht begonnen und die wenigen Passanten wirkten entspannt.

Julius kam bei einer Bäckerei vorbei. Bäcker öffneten auch hier früh, und vor der Tür hatte sich bereits eine kurze Schlange gebildet. Auch ein dicker Mann mit langem, rotem Bart und langen Haaren stand davor. Das war zweifellos der Typ von gestern! Ohne zu zögern, ging Julius auf ihn zu.

„Ich wohne im Hotel Gjirokastër. Leider bin ich nicht so gut zu Fuß, können Sie mir bitte den kürzesten Weg dorthin beschreiben?"

Julius hatte die Frage zuerst auf Deutsch und dann auf Englisch gestellt. Deutsch schien niemand zu verstehen, aber nach der englischen Frage begannen der Dicke und die beiden am nächsten Stehenden miteinander zu diskutieren. Dann erklärte ihm ein jüngerer Mann, offenbar der, welcher am besten Englisch sprach, den Weg.

Julius bedankte sich und schlug die angegebene Richtung ein. Der Bärtige hatte sein Deutsch offenbar nicht verstanden, das Englisch schon. Das konnte aber auch gespielt sein. Julius hatte den Eindruck gehabt, der Mann hatte mit den anderen Leuten Albanisch gesprochen. Italienisch war es sicher nicht gewesen, das hätte er erkannt. Aber Griechisch wäre in dieser Gegend genauso möglich.

Wenn es tatsächlich Albanisch gewesen war, dann konnte der Mann schlecht Pamelas Vater sein. Er hatte wie ein Einheimischer gewirkt und schien die Personen um sich gut gekannt zu haben. Vielleicht waren es seine Freunde, mit denen er sich eben zum Einkauf angestellt hatte. Und dass sie das Hotel kannten, war nicht überraschend.

Mit großer Wahrscheinlichkeit war der Mann nicht Pamelas Vater, fasste Julius die Erkenntnisse des frühen Morgens für sich zusammen. Zufrieden kehrte er zum Hotel zurück. Das Frühstück hatte er sich verdient.

Kevin war nicht wirklich überzeugt, als ihm Julius von seiner Beobachtung berichtete. Pamela hingegen bedankte sich und meinte bloß, dass sie es ohnehin gewusst hätte.

„Spricht Ihr Vater eine Fremdsprache?", fragte Julius, bevor er wieder zurück an seinen Tisch ging.

„Englisch und Spanisch fast perfekt, und ein wenig Griechisch. Wir waren oft in Griechenland und er hat immer ein paar Wochen vor der Abfahrt begonnen, sich mit der Sprache zu befassen. Er ist sehr sprachinteressiert und legt Wert darauf, ein paar Worte zu lernen, bevor er in ein ihm fremdes Land fährt. Auf diese Weise konnte er fast überall das Essen in der Landessprache bestellen und nach der Rechnung fragen."

„Ich halte deine Argumentation für absolut schlüssig", versicherte Maria, als er an ihren Tisch zurückkehrte. „Die einzige Möglichkeit dafür, dass ihr Vater die Landessprache wirklich gut spricht und hier Leute kennt, wäre, dass er vor langem genau hierher geflüchtet ist, um sich vor der Polizei zu verstecken. Und das ist reichlich unwahrscheinlich. Aber er könnte sich in Griechenland versteckt halten und mit Freunden hier sein. Griechisch kann er offenbar. Andererseits wusste er sicher ein paar Monate im Voraus, dass Pamela und Kevin herfahren würden. Wenn er gut im Erlernen von Sprachen ist, dann könnte er dich mit ein paar einstudierten Sätzen in die Irre geführt haben.

Wenn er Pamelas Vater ist, dann hat er sie sicher beobachtet und weiß auch, dass wir zu der Gruppe gehören. Damit hätte er einen Grund gehabt, dir vorzuspielen, dass er ein Einheimischer ist."

Nach dem Frühstück erklärte der Chauffeur Julius, er solle einfach mit den anderen einsteigen, er würde mit dem Bus vor dem Haus einer Ärztin halten.

Dort wurde er von der Sprechstundenhilfe bereits erwartet. Sie gab ihm das vorbereitete Medikament, kassierte einen kleinen Geldbetrag und Julius war wieder draußen. Die nette Frau – sie verfügte über ein ausgezeichnetes Englisch – hatte ihm angeboten, mit der Ärztin selbst zu sprechen, aber Julius hatte darauf verzichtet. Er wollte die anderen nicht unnötig warten lassen. Er war in Wien ohnehin genau untersucht worden. Auch ein Röntgen hatte sein Orthopäde veranlasst. Jetzt ging es ihm nur darum, den ärgsten Schmerz hintanzuhalten. Und um ihm einen erholsamen Schlaf zu ermöglichen, soweit es ihm die Lektüre seiner Bücher erlaubte. Nur Minuten später saß er wieder auf seinem Platz und der Bus fuhr weiter in Richtung Himarë. Dort würden sie am Abend ankommen.

Bei der Ortsausfahrt sahen sie den Bärtigen stehen. Er sprach mit einer alten Frau, nahm aber von dem Bus keinerlei Notiz. Auch Franz hatte den Mann bemerkt und ihn Grete gezeigt.

Vor Himarë stand noch die Besichtigung der Ruinen von Butrint am Programm. Damit war der südlichste Punkt ihrer Reise erreicht.

Auf Himarë freute er sich besonders. Die Stadt war am Meer gelegen und die Küste war für Julius als Landratte immer schon etwas Besonderes gewesen. Oft hatte er, wenn es um die Qualität seiner Wohnung in Wien ging, gemeint, diese wäre, abgesehen vom fehlenden Meerblick, einfach perfekt. Wenn er verreiste, dann versuchte er es stets so einzurichten, dass sich der Besuch einer Meeresküste ausging. Kaum in der Nähe des Meeres angelangt, musste er so schnell wie möglich zum Strand. Um ‚Hallo' zu sagen, wie er gelegentlich anderen erklärte. Vor allem Küstenbewohner konnten das nicht verstehen, für sie war das Meer eben da, mit seinen guten und schlechten Seiten.

Die Fahrt würde noch einige Zeit dauern. Zuerst folgten sie dem malerischen Flusstal des Drino, bogen schließlich ab und gelangten auf teilweise recht engen Straßen nach Südwesten.

Julius blickte aus dem Fenster und war der festen Überzeugung, dass sich ihr Chauffeur verfahren hatte. Die Straße, auf der sie sich befanden, konnte bestenfalls als Feldweg bezeichnet werden. Aber sie war schnurgerade, wie mit einem Lineal gezogen. Und sie führte in die richtige Richtung.

Er warf einen Blick auf sein Handy. Um Roaming-Gebühren zu sparen, hatte er den Datentransfer ausgeschaltet, aber das GPS funktionierte, und dank der im Hotel heruntergeladenen Karten konnte er feststellen, wo sie waren. Wie er vermutet hatte, stimmte die Richtung, allerdings gab es einen breiten Kanal zwischen dem See, der bald zu ihrer Rechten auftauchen würde und dem Meer, das sich links von ihnen befinden musste. Brücke war keine eingezeichnet. Vom Meer war noch nichts zu sehen.

Die Zeitanzeige seines Handys irritierte ihn, es war später als erwartet! Gewohnheitsmäßig sah er auch auf seine Armbanduhr. Diese zeigte eine Stunde weniger an. Der Name des Mobilfunknetzes, in dem sich das Handy eingewählt hatte, klang griechisch. Die Karte bestätigte seine Vermutung: Sie waren der Grenze nach Griechenland bis auf etwa drei Kilometer nahegekommen. Daher zeigten die Handys griechische Zeit an. Julius war froh, seine Armbanduhr zu tragen. Die konnte sich nicht von selbst verstellen. Das war eine sichere Referenzzeit, die sich schon öfter bewährt hatte.

Er widerstand der Versuchung, das griechische Netz zu nutzen, um die aktuellen Nachrichten zu lesen. Dafür war am Abend, wenn sie im Hotel waren und WLAN zur Verfügung hatten, immer noch Zeit. Er würde eben ein wenig später erfahren, was in der

Welt so geschah. Den Lauf der Dinge ändern konnte er ohnehin nicht.

Der Bus fuhr auf den Kanal zu, bog scharf nach links ab und hielt vor einer Fähre, die an Stahlseilen über den Kanal gezogen wurde. Auf den ersten Blick sah das selbst gebastelt wirkende Gefährt nicht besonders vertrauenerweckend aus. Die Schwimmkörper waren quer zur Fahrtrichtung montiert, was für Julius den Eindruck einer völligen Fehlkonstruktion machte und der Fähre ein recht behäbiges Aussehen verlieh.

Sie stiegen aus und ihr Bus fuhr langsam auf die Fähre. Diese senkte sich kaum, offenbar war sie für derartige Gewichte konstruiert. Julius stand neben dem Bus und sah in Richtung See. Dieser war riesig und großteils spiegelglatt.

Das Wasser strömte in Richtung See, offenbar war Flut. Im Kanal war die Geschwindigkeit des Gezeitenstromes um vieles höher als die Fahrtgeschwindigkeit der Fähre, was erklärte, warum alle Schwimmkörper quer zur Fahrtrichtung orientiert waren. Der erste Eindruck hatte Julius getäuscht. Die Fähre war für ihre Aufgabe perfekt konstruiert.

Am anderen Ufer angekommen, fuhr der Bus auf einen Parkplatz. Rechts von ihnen lag die alte Ruinenstadt von Butrint, auf einer großen Tafel war eine

Karte des Weltkulturerbes abgebildet. Die Siedlung lag auf einer vom See, dem Kanal und dem Meer begrenzten Halbinsel, in deren Mitte die Akropolis aufragte. Bei dem Kanal handelte es sich offenbar um die Mündung eines Flusslaufes.

Wenn wir verfolgt werden, überlegte Julius, dann könnte es sein, dass der Verfolger die genaue Route kannte. Er wusste, dass die beiden in Albanien waren. Wusste er auch den ungefähren Zeitpunkt der Abfahrt, so konnte er, wenn er von einer Gruppenreise ausging, unschwer den Reiseveranstalter und damit das ganze Programm im Internet finden. So gesehen konnte er ihnen überall auflauern.

Julius irritierte vor allem die unterschiedliche Sichtweise der beiden. War es Kevin, der eine Gefahr erfand, um Pamela zu beunruhigen, oder plante Pamela etwas, das sich gegen Kevin richtete? Konnte es sogar sein, dass Pamela mit ihrem Vater Kontakt hatte, ohne dass ihr Mann davon wusste? Wäre in diesem Fall Kevin in Gefahr?

Franz und Grete standen am Rande des Parkplatzes und beobachten mit ihren Ferngläsern die Leute, die sich auf der gegenüberliegenden Seite angestellt hatten, um mit der Fähre überzusetzen. Unauffällig gingen Julius und Maria an ihnen vorbei, um zu Christine zu gelangen.

„Er ist sicher nicht darunter“, hörten sie Grete sagen. Wie sie vermutet hatten, die beiden suchten den Bärtigen.

Christine scharte ihre Schutzbefohlenen um sich und begann über den Ort zu erzählen. Die Geschichte der Stadt reichte bis in das 8. vorchristliche Jahrhundert zurück. Wie in dieser Region nicht anders zu erwarten, hatten mehrmals die Herrscher gewechselt. Zu Beginn eine griechisch-illyrische Stadt, wurde sie danach von den Römern geprägt, deren Spuren bis heute sichtbar waren. Ihnen waren slawische Stämme gefolgt, später die Venezianer und die Osmanen, bis die Insel ein Teil Albaniens geworden war. Die Reisegruppe machte sich auf den Weg durch die Ausgrabungen.

Bevor sie das Theater erreichten, blieben sie bei einem Stand stehen, an dem Erfrischungen angeboten wurden. Der Verkäufer, ein etwa 20-jähriger Mann mit klassisch griechischem Profil, hatte die tiefschwarzen Haare zu einem Dutt gebunden. Er fragte Julius nach seinem Wunsch. Offenbar hatte er nicht bemerkt, dass Lara und Linda schon etwas länger warteten.

„Typisch, alte weiße Männer werden natürlich bevorzugt bedient.“

Noch bevor Julius etwas erwidern konnte, warf Maria ein: „Ich habe gelesen, dass es eher die körperlichen Vorzüge sind, die bewirken, dass jemand bevorzugt bedient wird."

„Danke für die Richtigstellung, mein Schatz." Julius sprach mit feierlicher Ernsthaftigkeit.

Die beiden jungen Frauen sahen einander an und prusteten los.

„Von euch beiden kann man noch etwas lernen", meinte Lara anerkennend. Linda sah das anders. Mit giftigem Gesichtsausdruck musterte sie Julius mehrmals von oben bis unten. Sie war offenkundig beleidigt.

Dass Lara kurz darauf, beim Betreten des Theaters, Julius mit einer Verbeugung und den Worten „Schönheit vor Jugend" den Vortritt ließ, irritierte naturgemäß die Umstehenden, die die vorhergehende Szene nicht mitbekommen hatten. Julius gefiel das. Hocherhobenen Hauptes schritt er würdevoll an der jungen Frau vorbei. Dass Lara so etwas wie Humor haben könnte, hatte er nicht vermutet.

Das Theater war eindrucksvoll. Maria setzte sich in die letzte Reihe, nachdem sie Julius motiviert hatte, etwas auf der Bühne zu deklamieren. Da ihm nichts Passenderes einfiel, beschloss er, den Beginn von *Grillparzers* ‚König Ottokars Glück und Ende' zum Besten zu geben. Die ersten paar Seiten des Reclam-Heftes hatte er als Schüler auswendig gelernt und, wie die meisten der damals gelernten Texte, nie wieder vergessen. Er stellte sich in die Mitte der Bühne, warf sich in Pose, räusperte sich kräftig und begann zu rezitieren. Seine laute Stimme erfüllte das Theater.

„Wirklich eindrucksvoll, du bist eben nicht nur schön", neckte ihn Maria, als sie weitergingen. Eng umschlungen standen sie wenig später vor den Stadtmauern und sahen auf den See hinaus. Das Wasser war immer noch spiegelglatt, die Boote einiger Fischer lagen bewegungslos. Ihre Gruppe war bereits auf dem Weg zur Akropolis, außer ein paar Vögeln war nichts zu hören.

Das sind die Augenblicke, an die man sich lange erinnert, dachte Julius. Augenblicke, die es zu sammeln galt. Wenn man einmal alt war und nicht mehr reisen oder sich womöglich nicht bewegen konnte, dann würde man diese Erinnerungen brauchen wie den sprichwörtlichen Bissen Brot. Wortlos gingen sie weiter und suchten den Anschluss an die Gruppe.

Die Schmerzen im Knie hielten sich in Grenzen. Julius trug das Schmerzmittel bei sich, das beruhigte ihn. Nehmen würde er es erst, wenn die Schmerzen stärker würden. Zu diesem Zweck hatte er sich vorhin die kleine Flasche mit Mineralwasser gekauft.

Ein Stück entfernt stand Pamela und blickte auf das Wasser hinaus, wie es Julius und Maria eben getan hatten. Sie genoss den Anblick, Kevin hingegen wirkte schon etwas ungeduldig.

Ein Reiher flog über ihre Köpfe hinweg. Julius nutzte die Gelegenheit, um sich unauffällig umzusehen. Ein zufälliger Beobachter hätte gedacht, dass sein Blick dem Reiher folgte. Aber Julius suchte etwas anderes, und er wurde fündig: Über ihnen, auf halbem Weg zur Akropolis, waren die blonden Zöpfe von Petra zu sehen. Sie hatte einen Feldstecher in der Hand und schien den See zu betrachten.

„Zufall?", fragte Maria, nachdem Julius sie darauf aufmerksam gemacht hatte. „Petra ist offenbar immer in der Nähe der beiden."

„Vielleicht sind die beiden gar nicht das Ehepaar, für das sie sich ausgeben. Könnte ja sein, dass Kevin mit jemand anderem verheiratet ist und unsere blonde Kellnerin eine Privatdetektivin ist, die die beiden observiert."

„Aber so wie ein turtelndes Liebespaar auf Abwegen kommen mir die beiden auch nicht vor."

„Stimmt Maria! Aber es könnte ja sein, dass Pamela tatsächlich schwere psychische Probleme hat. Er war von dieser Hilfsbedürftigkeit angetan, was bei Männern ja gelegentlich vorkommt, und hat sie zu dieser Reise überredet. Er sah sich als starker Beschützer, der die arme, gequälte Kreatur aufrichten und vielleicht sogar zu ihrer Heilung beitragen konnte. Jetzt, im wirklichen Leben ist er völlig überfordert, weiß nicht mehr, was er tun soll und bricht unter der Last der Verantwortung fast zusammen. Und beide sind sauer, weil sie sich diese Reise ganz anders vorgestellt haben. Nach dem Erlebnis mit dem haarigen Typen neige ich allerdings zur Ansicht, dass beide schwer gestört sind. Aber was ist mit Petra? Die weicht ihnen wie ein Schatten kaum von der Seite, ich kann mir nicht vorstellen, dass das ein bloßer Zufall ist."

„Möglicherweise erscheint uns Petra nur deshalb so allgegenwärtig, weil ihre blonden Zöpfe so auffällig sind. Aber immerhin kennt sie die Geschichte mit Pamelas Vater, vielleicht war die bisherige Nähe Zufall und seit dem Erlebnis mit dem Bärtigen hält sie nach dem Typen Ausschau, wie ja Franz und Grete auch."

„Maria, du hast recht, wir werden alle drei weiter beobachten. Vielleicht hören wir ohnehin bloß das Gras wachsen. Aber das bietet uns eine nette Abwechslung, indem wir dazu unsere Theorien entwickeln. Wäre sonst vielleicht langweilig. Übrigens könnte unsere Reiseleiterin in Wahrheit Kevins Ex sein. Das würde erklären, dass beide so gestresst sind und Christine so schlecht drauf ist."

„Ich glaube, jetzt verrennen wir uns. Apropos rennen, wir müssen uns beeilen und die Gruppe einholen."

Nach der Besichtigung des kleinen Museums ging es zurück zum Reisebus. Wie üblich, zählten Arian und Christine unabhängig voneinander die Häupter ihrer Schäfchen. Dann brachen sie nach Himarë auf.

Der Weg führte die Küste entlang nach Norden. Julius war froh darüber, dass Maria und er auf der linken Seite des Busses saßen, so hatten sie die meiste Zeit einen freien Blick auf das Meer. Die Insel Korfu war gut zu erkennen, die anderen Inseln, die auftauchten und wieder verschwanden, waren wohl Truggebilde aus Wolken, sonst hätten sie auf den von Julius heruntergeladenen Karten verzeichnet sein müssen.

Himarë erwies sich als nette Kleinstadt. Ihr Hotel lag, nur durch eine kaum befahrene Straße vom Sandstrand getrennt, etwas außerhalb der Stadt direkt an der Küste.

Der Abend war mild und so konnten sie das Abendessen im Freien einnehmen, vor dem Hotel mit direktem Blick auf das Meer. Julius Knie hatte sich wieder beruhigt und sie beschlossen, vor dem Zubettgehen noch einen kleinen Verdauungsspaziergang einzulegen. Nach ein paar Gläschen Raki schlief Julius auch ohne Schmerzmittel hervorragend.

Am Morgen begrüßte sie Christine im Frühstücksraum, von dem aus man ebenfalls zum Strand sehen konnte. Die Reiseleiterin strahlte. Irgendetwas war augenscheinlich geschehen. Nach dem Frühstück fand Julius Gelegenheit, sie kurz darauf anzusprechen.

Sie lachte, und es war ein befreites Lachen. „Meine Mutter ist erfolgreich operiert worden. Der Eingriff war extrem heikel und der Arzt hat ihr keine große Chance gegeben. Jetzt ist er optimistisch, er meint, sie wäre bereits über den Berg."

Julius freute sich mit ihr. Deshalb also war sie die letzten Tage dermaßen angespannt und nervös gewesen!

Es war geplant, den Tag in Himarë zu verbringen und am nächsten Tag weiterzufahren. Julius suchte mit seinem Buch den Strand auf, zufrieden, weil er sein Knie schonen konnte. Offensichtlich sicherte ihm das - neben dem Raki - einen besseren Schlaf. Maria spazierte in den kleinen Ort, um sich etwas umzusehen. Vielleicht würde sie ein paar Kleinigkeiten zum Mitnehmen finden.

Julius zog sich die Schuhe aus und watete soweit ins Wasser, wie es seine aufgerollten Hosenbeine zuließen. Das Meer, das nicht mehr warm, aber auch noch nicht allzu kalt war, kühlte auf angenehme Weise seine Knie.

Langsam stieg er wieder aus dem Wasser. Dabei hob er die Knie möglichst hoch an, um die Beweglichkeit seiner Beine zu testen. Der Sand hatte die ideale Korngröße. Beim Gehen wurde die Fußsohle massiert, und die Körner waren so klein, dass sie nicht schmerzten, aber groß genug, dass sie zumindest auf dem bereits etwas angetrockneten Körper nicht mehr haften blieben. Julius sah sich um und erblickte einen einsamen Liegestuhl. Vorsichtig nahm er darin Platz.

Grete und Franz kamen in Badekleidung zum Strand. Die Badetücher, die sie über die Schulter geworfen hatten, legten sie sorgfältig auf den Sand und gingen, ohne zu zögern, ins Wasser. Auch Linda und Lara waren in Badekleidung, suchten aber einen entfernten Abschnitt des Strandes auf, wo sich sonst niemand befand, und legten sich, nachdem sie ihre Bikinioberteile abgelegt hatten, auf ihre Tücher. Offenbar hofften sie, noch etwas Farbe schinden zu können.

Die beiden Alten schwammen weit hinaus, trockneten sich nach ihrer Rückkehr sofort ab und gingen wieder zum Hotel. Auch Kevin und Pamela tauchten auf, hatten aber nicht vor zu baden, sondern setzten sich in einiger Entfernung von Julius in den Sand. Weiter entfernt sah er Petra im seichten Wasser stehen. Julius lehnte sich zurück und schloss die Augen.

Nach einiger Zeit setzte er sich auf und las die wenigen Seiten, die ihm von seinem Buch noch fehlten.

Beim Mittagessen schilderte er Maria seine Beobachtungen. Er war im einzigen, vom Sommer übriggebliebenen Liegestuhl gesessen. Geschlafen hatte er nicht, da er jeden Augenblick damit rechnen musste, dass das fragile Sitzmöbel unter ihm zusammenbrechen würde. Aber für andere mochte es so gewirkt haben.

„Die beiden jungen Leute waren relativ weit entfernt von mir", meinte er, „aber der Wind hat in meine Richtung geweht und so habe ich einiges verstanden. Nicht alles, jedoch genug, um irritiert zu sein. Pamela hat Kevin klarzumachen versucht, dass sie es nicht ausstehen kann, wenn er andauernd an ihr klebt. ‚Du hast Depressionen', hat er gemeint und sie hat geantwortet, kein Mensch hätte bei ihr jemals Depressionen diagnostiziert und sie fände das Land großartig. Allerdings hat sie hinzugefügt, dass sie all das hier besser genießen könnte, wenn er ihr mit seiner überzogenen Fürsorglichkeit nicht so auf die Nerven ginge. Sie hat das unaufgeregt gesagt, sehr nüchtern. Das sagt natürlich nichts, aber es irritiert mich."

„Ich werde einmal mit ihr unter vier Augen reden."

„Wie willst du das bewerkstelligen?"

„Wir Frauen haben da so unsere Methoden, ihr Männer auch, aber in diesem Fall passt meine besser. Sag mal, wer war sonst noch am Strand, ich meine, von unserer Gruppe?"

Julius dachte nach. „Die beiden Alten, aber die waren nur kurz im Wasser, später sind sie dann an einem der Tische vor dem Lokal gesessen und haben aufs Meer hinausgeschaut. Ihre Ferngläser haben sie vor sich auf dem Tisch stehen gehabt und sie gelegentlich aufs Meer oder die Straße gerichtet. Lara und Linda haben sich in größerer Entfernung hingelegt, um oben ohne in der Sonne zu braten. Und da war natürlich Petra. Sie hatte ihr unvermeidliches Dirndl an, die Schuhe in der Hand und ist im seichten Wasser herumgestapft. Den Blick hatte sie dabei nach unten gerichtet, ganz so, als ob sie etwas gesucht hätte."

„Eigenartig. Offenbar ist es doch keine Einbildung, dass sie sich immer in der Nähe der beiden aufhält. Und falls sie auf den Bärtigen gewartet hat, hätte sie sich an einen der Hoteltische setzen können, wie es Franz und Grete getan haben. Aber es könnte auch ganz einfache Erklärungen dafür geben."

„Und die wären?"

„Petra hat ein Auge auf Kevin geworfen."

„Oder sie hat es auf Pamela abgesehen. Maria, die Zeiten haben sich geändert."

„Oder sie ist tatsächlich eine Detektivin."

„Oder sie wurde von Petras Vater gedungen."

„Oder von Kevin, um nach Pamelas Vater Ausschau zu halten."

„Oder sie will Pamela vor sich selbst schützen, weil diese depressiv ist. Könnte sein, dass es einen Suizid in ihrem Umfeld gegeben hat, und sie sich jetzt verpflichtet fühlt, auf sie aufzupassen."

„Jedenfalls ist die Reiseleiterin nicht die Ex von Kevin, zumindest diese These können wir fallen lassen."

Nach dem Mittagessen legten sie eine Ruhepause ein. Julius beschloss, die Gelegenheit zu nutzen, um ein neues Buch zu beginnen. Für den späten Nachmittag war ein gemeinsamer Spaziergang durch Himarë geplant. Viel gäbe es dort nicht zu sehen, hatte die Reiseleiterin gemeint. Der Tag in Himarë wäre nur als Strandtag gedacht. Julius kam das sehr entgegen. Damit würde er auch mit seinem Buch ein gutes Stück weiterkommen. Langsam näherten sie sich dem Norden Albaniens, und vor Theth musste er auf jeden Fall das Buch über die Blutrache gelesen haben. Und davor gab es noch ein anderes Werk, das ihn interessierte.

Maria wollte an ihrer Vorlesungsvorbereitung arbeiten und hatte sich nach kurzem Ausruhen mit ihrem Laptop auf den Balkon zurückgezogen. Dort hatte sie den Weg zum Hotel im Blick. Sollten Pamela und Kevin das Haus verlassen, würde sie diese sehen.

Der ‚Schandkasten' von *Ismail Kadare* lag vor ihm. Wie immer zögerte Julius, bevor er das Buch aufschlug. Das war ein Augenblick, den er genießen wollte. Zuerst betrachtete er ausführlich das vordere Umschlagbild, dann die Rückseite. Dieses Ritual war ihm wichtig. Dann kamen Klappentext und ein etwaiges Vorwort dran, erst danach konzentrierte er sich auf den eigentlichen Text.

Die Geschichte spielte in der Zeit der osmanischen Besetzung und beschrieb die Herrscherkaste als brutal und blutrünstig. Jeder Versuch einer Rebellion wurde durch Enthaupten bestraft. Der Kopf wurde dann in dem an der Mauer der Hauptstadt eingerichteten Schandkasten ausgestellt. Der Herrscher hatte es sich einfach gemacht. Jemand, meist ein anderer Pascha, wurde bestimmt, das Haupt der in Ungnade gefallenen Person zu bringen. Entweder er lieferte es oder er wurde selbst geköpft und sein Kopf landete stattdessen im Kasten.

Viel zu bald war der Zeitpunkt für den Stadtbummel gekommen. Nur schwer konnte sich Julius von dem Buch losreißen. Während sie die Küstenstraße entlang in den Ort schlenderten, berichtete Julius Maria vom Inhalt. „Management by decapitation", war ihre Reaktion. „Und immer noch sehnen sich viele nach der Vergangenheit zurück. Absurd, auch wenn das in dem Buch vor allem allegorisch gemeint und weniger historisch sein dürfte."

Himarë hatte, wie angekündigt, nicht viel zu bieten. Aber sie hatten einige Bars besucht, von deren Gastgärten man einen schönen Blick aufs Meer hatte. Dort hatten sie erst Kaffee und dann Raki getrunken. Der Schnaps hatte allen geschmeckt, sogar die beiden jungen Frauen hatten, nach anfänglicher Scheu, kräftig zugelangt. So war die Gruppe in recht ausgelassener Stimmung zum nächsten Lokal weitergezogen, wo sie für das Abendessen reserviert hatten.

Julius Schmerzen hatten sich wieder verstärkt, weshalb er sich gleich nach dem Essen bei Maria und den beiden Alten, die mit ihnen bei Tisch gesessen hatten, entschuldigte und sich auf den Weg zum Hotel machte.

Es dämmerte bereits und die Straßenlaternen tauchten Straße und Gehweg in ein gelbliches Licht. In Richtung Westen war es noch etwas heller. Die schwachen Strahlen der eben untergegangenen Sonne färbten den Himmel blassrot, und diese Farbe spiegelte sich im Wasser. Julius blieb einige Zeit stehen, um das Farbenspiel zu bewundern. Bevor er weiterging, warf er einen Blick zurück. Die zarte Gestalt, die den Weg entlangging, kam ihm bekannt vor. Tatsächlich war es Pamela, die die Straße heraufkam.

Während er auf sie wartete pflückte Julius von einer Hecke einige Lorbeerblätter und steckte sie in die Tasche. Er würde sie daheim zur Zubereitung schmackhafter Gerichte verwenden. Das Aroma der frischen Blätter war einfach umwerfend.

Pamela war recht müde und hatte nicht warten wollen, bis die anderen zum Hotel gingen. Julius verstand das gut. Er, ganz Kavalier der alten Schule, bot ihr seinen Arm an, um sie heimzubegleiten. Gelegentlich blieben sie stehen, um die Abendstimmung zu genießen.

Auf der rechten Straßenseite führte der Weg an einem steilen, teilweise überhängenden Felsen vorbei. Beim Hingehen waren sie dort gegangen, aber Julius hatte einige kleine Steinchen gesehen, die offenbar die Felswand heruntergestürzt waren. Größere Steine waren zwar nicht darunter gewesen, aber er schlug sicherheitshalber vor, auf die andere Straßenseite zu wechseln. Pamela willigte gerne ein und sie überquerten die Straße. Gerade rechtzeitig! Kaum hatten sie die andere Straßenseite erreicht, lösten sich mehrere Steinbrocken, polterten über die Wand und zerbarsten am Asphalt.

„Idiot", murmelte Julius, der im Licht des jetzt rasch dunkler werdenden Himmels eine Gestalt gesehen hatte. „Es ist völlig absurd, dort oben herumzulaufen. Das dürfte ein Jugendlicher gewesen sein, der seine Kletterkünste ausprobieren wollte. Vermutlich lässt es sich dabei gar nicht verhindern, dass man gelegentlich einen Stein lostritt."

Beim Hotel angelangt, schlug Julius vor, noch ein Gläschen Wein zu bestellen. Er hätte gerne mit Pamela über ihre Situation gesprochen. Aber die junge Frau war zu müde und wollte sich unbedingt in ihr Zimmer zurückziehen. Julius blieb an einem der Tische vor dem Hotel sitzen, um auf die anderen zu warten. Die Wartezeit wollte er sich mit einem Raki verkürzen. Ihm fiel auf, dass sie viel mehr tranken als daheim. Im Urlaub war das ja in Ordnung, aber auf Dauer mussten sie wieder auf ein normales Maß zurückkommen. Noch bevor der Schnaps serviert wurde, kam Petra zurück. Auch sie schlug seine Einladung aus, mit ihm ein Gläschen zu trinken.

Es dauerte nicht allzu lange, bis die anderen eintrafen. Trotz der Dunkelheit hatten die meisten noch Lust, sich an den Strand zu setzen. Das Wetter war angenehm mild, es war vollkommen windstill, und es würde ihr letzter Abend am Meer sein.

„Ich habe kurz mit Pamela gesprochen, ich bin einfach nach ihr auf die Toilette gegangen und habe mir dort ewig Gesicht und Hände gewaschen. Zum Glück ist sonst niemand gekommen, so konnte ich mit ihr reden. Ich habe zu ihr gesagt, dass sich Kevin große Sorgen um sie zu machen scheint. Sie hat aber sofort abgewunken. ‚Ich bin sicher nicht depressiv', hat sie gesagt, und dass der Mann bestimmt nicht ihr Vater gewesen ist, wie du ja bestätigt hast. Sie hat auch gemeint, dass sie dieses Verhalten von Kevin nicht kennen würde. Weder hätte er sie bisher für depressiv gehalten, noch wäre er jemals besonders sorgsam ihr gegenüber aufgetreten. Jetzt würde er sich als großartiger Beschützer aufspielen, was sie nicht verstand, was ihr aber furchtbar auf den Geist ging.

Ich habe sie dann noch gefragt, ob sie eine Ahnung hätte, wo ihr Vater sei. ‚Natürlich nicht', hat sie gemeint, danach aber durchblicken lassen, dass sie es gerne wüsste. ‚Um es der Polizei zu melden?', war meine logische Frage. Aber das hat sie vehement verneint. Sie hat gesagt, sie würde einfach gerne mit ihm reden. Es wäre so vieles unklar. Mein Eindruck war, dass sie ihn nicht für den Schuldigen am Tod ihrer Mutter hält. Die Frage, ob sie Angst vor ihm hätte, hat sie ebenfalls verneint. Das war es. Viel klüger sind wir jetzt nicht. Und noch etwas - sie hat völlig normal gewirkt. Sie hat dann noch erzählt, dass ihre Nachbarin, eine gewisse Eva, aus Albanien stammt und sie auf die Idee gebracht hat herzufahren, weil sie immer so begeistert von der Landschaft erzählt hat."

„Wenn sie psychische Probleme hat, dann hat sie möglicherweise Medikamente verschrieben bekommen. Solange sie diese nimmt, ist alles ok, wenn nicht, dann kann das gefährlich werden."

„Du hast recht, Julius. So könnte es sein. Sie nimmt ihre Medikamente, hat keine Probleme und fühlt sich wohl, warum sollte sie sie also weiter nehmen, vor allem wenn diese vielleicht den Magen belasten oder sonst irgendwelche unangenehmen Nebenwirkungen haben? Daher kann es leicht sein, dass sie diese absetzt. Und plötzlich sind ihre Depressionen, Psychosen oder wie immer das Zeug heißt, wieder da, vielleicht sogar stärker als zuvor. Wenn das so ist, verstehe ich die Sorgen von Kevin. Er hat auch kaum die Möglichkeit, zu kontrollieren, ob sie ihre Medikamente wirklich nimmt. Sie kann ihn leicht täuschen. Und immer, wenn sie sagt, es ginge ihr gut, versteht er das als Warnsignal und bekommt die Panik."

„Ich habe sie übrigens ein Stück zurück zum Hotel begleitet, hatte aber den Eindruck, sie wäre schon zu müde, um über etwas Ernsthaftes zu reden. Sie wollte sofort in ihr Zimmer, und hat meine Einladung, noch etwas zu trinken, abgelehnt. Wie Petra auch. Die ist, und das erstaunt uns jetzt nicht, kurz danach ins Hotel gekommen."

Maria, die mit Julius etwas verspätet den anderen gefolgt war, setzte sich am Strand unweit der

Wasserlinie nieder, Julius streckte sich auf dem Rücken liegend im Sand aus.

„Zuviel gegessen?"

Julius nickte.

In dieser Nacht schlief Julius schlecht und wilde Träume verfolgten ihn. Schuld war allerdings diesmal nicht das Knie, sondern sein übervoller Magen. Es läutete an seiner Tür und als er hinging, um zu öffnen, stand ein kleiner Mann mit einem gewaltigen Schnurrbart und einem Krummsäbel davor. Er hatte einen Turban auf dem Kopf und sah ihn finster an. Hinter ihm standen zwei riesige, halbnackte Diener, die ein Tablett trugen, auf dem sich, zu seinem maßlosen Grauen, auf einem Honigbett und mit Orangen und Rosmarin verziert, sein Haupt befand. Erschrocken griff er dorthin, wo er seinen Kopf vermutete, konnte ihn aber nicht finden, nur der Hals war ihm geblieben. Julius fuhr hoch und sah sich in Panik um.

„Kannst du nicht schlafen?", murmelte Maria, die durch die schnelle Bewegung erwacht war.

„Mein Kopf!"

„Hast du Kopfschmerzen?"

„Wenn's nur das wäre!" Nur langsam sammelte er sich.

„Ich habe schon befürchtet, mir wäre mein Kopf abhandengekommen."

Maria murmelte etwas Unverständliches vor sich hin und war kurz darauf wieder eingeschlafen.

Julius fand hingegen keinen Schlaf mehr. Die erste Morgenröte zeigte sich bereits, daher zog er sich seinen Bademantel an, um am Strand den Sonnenaufgang zu erwarten. Es würde aber noch etwas dauern, bis die Sonne über den Bergen zu sehen war.

Als er aus dem Zimmer trat, kam ihm Petra entgegen. Ganz offensichtlich hatte sie sein unerwartetes Erscheinen erschreckt.

„Auch Schlafstörungen?", fragte sie. Sie trug einen schwarzen Herrenbademantel. Julius nickte. „Zu viel Essen und zu viel Raki."

Nachdenklich sah er ihr nach, als sie in ihr Zimmer ging. Er hatte den Eindruck, als wäre sie vorher vor der Zimmertüre von Kevin und Pamela gestanden, war sich dessen aber nicht sicher.

Hatten sie recht und Petra beobachtete die beiden Eheleute und hatte sogar an deren Zimmer gelauscht? Oder konnte es sogar sein, dass Petra aus dem Zimmer des jungen Paares gekommen war? Eine Menage à trois erschien ihm jedoch unwahrscheinlich, auch wenn er eine derartige Beziehung bei ihrer Reise nach

Marokko beobachtet hatte.[3] Hier waren die Akteure zu unterschiedlich. Andererseits wäre so eine Dreierbeziehung auch eine mögliche Erklärung für Pamelas Verhalten.

Nachdem er ein wenig den Strand entlanggelaufen war, kehrte er ins Zimmer zurück. Es war inzwischen schon hell, aber Maria schlief immer noch tief und fest. Er beschloss, sich wieder seiner Lektüre zu widmen.

Innerhalb der Verwaltung des Osmanischen Reiches hatte es eine Organisation gegeben, die offenbar dafür geschaffen worden war, im Bedarfsfall die Identität revoltierender Länder völlig auszulöschen. Im Normalfall zahlten die unterworfenen Länder ihre Abgaben und konnten darüber hinaus weitgehend so leben, wie sie wollten. Bei Zuwiderhandeln gab es verschiedene Stufen der Sanktionen, bis hin zu dem, was im Buch als ‚kra-kra' bezeichnet wurde. Dies war die höchste Stufe der Bestrafung. *Ismail Kadare* zufolge begnügte man sich in diesem Fall nicht damit, deren Herrscher zu köpfen und das Volk zu berauben, sondern man tat alles, um die Seele des Landes zu vernichten.

Die einzelnen Abteilungen in den Ministerien hatten die Aufgabe, sich mit den verschiedenen Facetten der lokalen Kulturen, die es zu vernichten galt, zu

[3] siehe ‚Verschollen in Marrakesch'

befassen. Es gab Abteilungen für alle Aspekte des gemeinsamen Lebens, für Feste, für Hochzeiten und – von herausragender Bedeutung – jene für das gesprochene Wort. Denn es ging vor allem darum, die Sprache als Ausdruck kultureller Identität zu eliminieren. Auch wenn das Buch in Metaphern sprach, ging es ihm unter die Haut.

Julius dachte nach. Er hatte sich mit dem Phänomen der Identität noch nicht auseinandergesetzt. Als Weltbürger betrachtete er die nationalen und individuellen Eigenheiten mit Sympathie und Interesse. Der Staat war ihm lediglich eine Verwaltungseinheit, innerhalb derer es vielfältige kulturelle Strömungen gab. So war es auch für ihn selbstverständlich, dass Menschen in Österreich, die aus anderen Ländern stammten, Teile ihrer Kultur mitbrachten, wie auch die ausgewanderten Österreicher in der Ferne häufig ihre Traditionen pflegten. Gerade in seiner Heimatstadt Wien machte diese Mischung für ihn die besondere Qualität der Stadt aus. Das war absolut nichts Neues, auch wenn die Herkunftsländer heute meist weiter entfernt lagen als noch vor 100 Jahren. Gemeinsame Spielregeln, in Gesetze gegossen, sicherten ein möglichst friktionsfreies Zusammenleben. An diese musste man sich halten, auch wenn es natürlich Probleme zu bewältigen galt.

Aber das sahen bei Weitem nicht alle so. Julius erinnerte sich an einen ehemaligen österreichischen Spitzenpolitiker, der ein Problem damit gehabt hatte, auf Märkten Zelte zu sehen, nur weil ihn diese an die Türkei erinnerten - auch wenn er dort kaum jemals ein Zelt gesehen haben dürfte. Anders als in Österreich, wo ihm zumindest die Bierzelte aufgefallen sein müssten. Julius hatte den Eindruck, dass das Irrationale wieder verstärkt in die Politik Einzug hielt. Und das auch in Ländern, die wesentlich größer waren als Österreich.

Gab es Personen, die die Kultur der Menschen in Österreich vereinheitlichen und alles, was dieser traditionellen Kulturvorstellung nicht entsprach, vernichten wollten? Mit dem Ziel einer homogenen Kultur, der sich alles andere unterzuordnen hatte? Auch wenn die Parallelen zu dem Buch etwas weit hergeholt waren, so fand er sie doch bedrückend.

Julius lernte, dass die osmanischen Herrscher den Träumen eine besondere Rolle eingeräumt hatten. Beamte bereisten das ganze Land und befragten die Menschen, was sie geträumt hatten. Erschienen die Träume bedeutsam, so wurden sie aufgeschrieben und dem dafür zuständigen Ministerium berichtet.

Das Buch endete mit einem Traum: Ein wilder Adler, vom Sturm zerzaust, zog seine Kreise am Himmel. Der Adler war das Wappentier von Albanien, der

Traum offenbarte die Ahnung von der Geburt des neuen Staates.

Julius stand auf, kleidete sich an und trat vor das Hotel, um sich an einen der Tische zu setzen, auf denen später das Frühstück serviert würde. Sobald Maria aufgestanden war, würde sie hierherkommen.

Auch die anderen Mitglieder der Gruppe schliefen noch. Von den Tischen aus hatte man einen herrlichen Ausblick auf das Meer. Das Wasser war silbrig-blau, der Himmel fast klar, nur über dem Horizont waren vereinzelt kleine Cumulus-Wolken zu sehen. Wie Schafe, dachte Julius, die dort in der Ferne am Himmel weiden.

Warum war er nicht öfter an der Küste? Bei dem Zimmerpreis von 25 Euro, den sie hier zahlten, konnten sie durchaus einmal für einen ganzen Monat hierbleiben. Und selbst wenn sie täglich essen gingen, ließe sich gegenüber dem Leben in Wien sogar Geld sparen. Aber Finanzielles war bei ihnen ohnehin kein Thema. Selbst in der Pension nicht. Wenn man Kinder hatte, dann war das oft anders. Aber ohne Kinder – das letzte Hemd hat keine Taschen, man konnte ohnehin nichts mitnehmen. Ein Monat irgendwo an der Küste war eine echte Option. Er musste mit Maria darüber sprechen.

Das Frühstück war ergiebig wie immer. Brot, Schafkäse, Butter, Honig, Marmelade, Würstel, Joghurt, alles was das Herz begehrte, wurde serviert. Maria war eine halbe Stunde nach ihm heruntergekommen, danach trudelte langsam der Rest der Gruppe ein.

„Was sind das für Bäume?“, fragte Julius, nachdem sie vom Frühstück aufgestanden waren, um ein letztes Mal die paar Schritte zum Strand zu gehen.

Maria warf einen kurzen Blick auf die gelappten Blätter der Bäume, die zwischen Strand und Straße angepflanzt waren.

„Das sind Maulbeerbäume, aber ich habe keine Ahnung, ob man hier, so wie in Italien und Frankreich, auch Seide produziert hat. Möglich wäre es.“

Julius betrachtete den Himmel. Die kleinen Cumulus-Wolken waren verschwunden. Über dem Meer war der Himmel blau, aber im Norden war es dunkel und kleine Wolkentürme waren zu sehen.

Sie holten ihr Gepäck aus dem Zimmer und luden es in den Bus. Schweren Herzens nahm Julius vorerst Abschied vom Meer. Ihr nächster Stopp - Vlora - lag zwar auch an der Küste, aber sie würden in der Stadt nur kurz Halt machen.

Sie passierten die Stelle mit der überhängenden Felswand, an der am Vorabend die Steine herabgestürzt waren. Julius hatte deren Größe unterschätzt, es waren auch einige kopfgroße Stücke darunter. Neue waren keine hinzugekommen. Die auf die Straße gefallenen hatte man zur Seite geschoben, die am Gehsteig aber waren liegengeblieben. Julius machte seinem Groll gegenüber dem Idioten Luft, der da oben herumgeturnt war.

„Darüber reden wir später noch." Maria hatte sehr entschieden geklungen, offenbar lag ihr etwas am Herzen, worüber sie im Bus nicht sprechen wollte.

Ihre Route verlief entlang der Küste. Vor ihnen war der Himmel düster, aber das Unwetter verzog sich und die Aussicht auf das Meer blieb ungetrübt. Immer wieder stieg die Straße in oft engen Kurven steil an. Der Straßenrand war bergseitig mit Beton befestigt, auf dem unzählige Abschleppfirmen und Autowerkstätten ihre Daten hinterlassen hatten. Für den Fall der Fälle, immer unter Angabe einer Handynummer.

Die Landschaft war atemberaubend. Karg und mit wenig Vegetation zu beiden Seiten schraubte sich die Straße in engen Serpentinen höher und höher. Unter ihnen lag die Küste, manchmal felsig, manchmal mit einem Sandstrand und nur selten sah er ein paar Häuser. Auch einige neu erbaute Dörfer gab es. Diese waren winzig, hatten gerade Straßen, die einander in rechten Winkeln schnitten und nahezu ausschließlich gleichartige Häuser. Julius war sicher, dass sie für Touristen errichtet worden waren. Hoch oben, fast schon am Pass auf dem Weg ins Landesinnere, machten sie bei einem würfelartigen Gebäude mit zugemauerten Fenstern eine kurze Rast. Der Betonbau war schon etwas verfallen und über und über mit Graffitis bemalt. Julius warf einen letzten Blick auf das Meer, bevor die Straße ins gebirgige Landesinnere führte. Die bisher spärliche Vegetation wurde immer üppiger.

Endlich näherten sie sich wieder der Küste, deren Verlauf sie folgten, bis sie schließlich in Vlora ankamen.

Bevor sie ausstiegen, erzählte die Reiseleiterin ein wenig über Vlora. Sie war die drittgrößte Stadt von Albanien, und eine Hochburg für Schmuggler aller Art, weil die Entfernung nach Italien hier nur etwa 70 Kilometer betrug. Hatte man ein Boot mit einem starken Motor, so war man schnell drüben. Julius überlegte, wie das zur Zeit *Hoxhas* gewesen sein mochte. Darüber hatte er nichts gelesen. Er fragte Christine, aber auch sie wusste nicht, ob es während der Diktatur hier eine rege Schmuggeltätigkeit gegeben hatte. Eher nicht, dachte Julius. Diktaturen haben es an sich, alle Lebensbereiche zu kontrollieren.

Nahe der mit Palmen gesäumten Promenade hielten sie für einen Kaffee.

„Komm mit!" Maria hatte Julius an der Hand genommen. Hand in Hand schlenderten sie den Küstenstreifen entlang.

„Deine Geschichte von den herabgefallenen Steinen ist für sich allein betrachtet ziemlich bedeutungslos. Ich möchte dir eine andere Beobachtung erzählen, die, für sich genommen, genauso irrelevant erscheint. Kurz nachdem du gegangen bist, was übrigens niemandem aufgefallen ist, da sich die Toilettentür beim Ausgang befunden hat und du dich nur von uns dreien verabschiedet hast, ist Pamela aufgebrochen, die hast du ja getroffen. Kaum war sie weg, hat Kevin gemeint – und das haben die meisten gehört – er hätte seine Frau doch nicht allein gehen lassen sollen, und ist fortgeeilt. Nach einiger Zeit ist er wieder zurückgekommen und hat erzählt, er wäre Pamela nachgegangen und hätte gerade noch gesehen, wie sie das Hotel betreten hat. Damit wäre er beruhigt, hat er gesagt und sich erleichtert zurückgelehnt. Er war allerdings ziemlich außer Atem und hat das damit erklärt, dass er die angenehme Abendstimmung genutzt hatte, um ein wenig zu joggen. Den Weg zurück zum Restaurant sei er gelaufen. So, das war meine Beobachtung."

„Ich kann meine Geschichte noch dadurch ergänzen, dass ich mehrmals, sicher auch in der Zeit, in der

Pamela das Hotel betreten hat, zur Straße zurückgesehen habe. Diese war halbwegs ausgeleuchtet. Es war kein Mensch zu sehen. Der Berg, von dem die Steine heruntergefallen sind, ist natürlich im Dunklen gelegen. Die Silhouette, die ich auf dem Berg gesehen habe, war die eines Jugendlichen. Kevin hat einen recht jugendlich wirkenden Körperbau. Das könnte zusammenpassen. Oder es war wieder einmal ein Zufall."

„Ein bisschen viel an Zufällen, meinst du nicht? Auch dass er so außer Atem war, als ob er auf einen Berg geklettert wäre."

„Geschickt eingefädelt. Wenn Pamela von einem Stein getroffen worden wäre, dann hätte er erzählen können, dass er sie so gefunden hat. Fürsorglich, wie er eben ist, war er seiner Frau nachgegangen. Das können alle bezeugen. Er hat es im Lokal ausposaunt."

Maria ging nachdenklich weiter, bevor sie sich wieder Julius zuwandte. Ihre Stimme war besorgt.

„Wir haben zwei Optionen, die gewissermaßen im Raum stehen. Die Erste ist, dass Pamela depressiv ist. Sollte sie vor ein Auto springen oder auf ähnliche Art einen Suizid begehen, dann gibt es eine Erklärung, die auf der Hand liegt. Sollte sie von jemandem getötet werden, so bietet sich ihr Vater, immerhin der gesuchte Mörder ihrer Mutter, als wahrscheinlichster

Täter an. Wenn wir uns nicht völlig verrannt haben, dann hat Kevin für alle möglichen Fälle vorgesorgt."

„Und natürlich ist das Leben an sich gefährlich, daher kann auch jederzeit und überall ein Unfall passieren. Auch Steinschläge sind nicht zu verhindern."

Sie schlenderten zurück zum Café, in dem die anderen inzwischen Platz genommen hatten. Ein kurzer Kaffee ging sich vor der Weiterreise noch aus.

Bald danach brachen sie nach Durrës auf, wo sie eine knappe halbe Stunde Aufenthalt hatten. Julius entschuldigte sich damit, etwas Wichtiges erledigen zu müssen und ging in eine Bar. Dort bestellte er ein Glas Wein, das er auf das Wohl des alten Mannes, den er auf dem Weg zur ‚Konoba' getroffen hatte, trank. Versprochen ist versprochen!

Ihr Fahrer hatte es eilig. Julius war froh darüber, auch wenn er noch gerne den Bahnhof gesehen hätte. Die zweitgrößte Stadt Albaniens war das Zentrum des mehr als 400 Kilometer umfassenden Bahnnetzes, von dem aber weite Strecken nicht mehr in Betrieb waren. Die Bahn sei abenteuerlich, hatte die Reiseleiterin gemeint. Manche Waggons hätten keine Fensterscheiben, was bei den geringen Geschwindigkeiten aber ohnehin kein gravierendes Problem darstellte.

Sieben Stunden würden sie an diesem Tag im Bus verbringen, hatte sie der Chauffeur gewarnt. Julius freute sich auf die Ankunft in Shkodër. Diese Stadt galt als das kulturelle Zentrum Nordalbaniens. Danach käme die Reise in die wilde Gebirgslandschaft um Theth. Der Ort lag in den albanischen Alpen und war von über 2.500 Meter hohen Bergen umgeben. Hier, im Norden von Albanien, lag das Zentrum der Blutrache und der geschworenen Jungfrauen. Den Roman ‚Der zerrissene April' hatte er sich für Shkodër aufgehoben. Als Vorbereitung für das vom uralten Gewohnheitsrecht, dem Kanun, regierte Gebirgsland, auch wenn er nicht wusste, wieweit das in der Gegenwart noch Bedeutung hatte.

„Nimm bitte meinen Koffer mit", ersuchte Julius Maria, als sie vor dem Hotel in Shkodër anhielten und jeder sein Gepäck aus dem Bus holte. Dann ging er zur Reiseleiterin.

„Kurz unter vier Augen?"

Sie nickte und trat ein wenig aus der Gruppe zurück.

„Genügen vier Ohren?"

„Absolut, ich wollte Sie bloß bitten, unseren beiden Freunden Pamela und Kevin ein Zimmer möglichst weit unten zu geben, dann kann ich besser schlafen. Ich mache mir Sorgen um die Frau."

Christine nickte nur, holte ihr Gepäck, wechselte einige Worte mit Arian und ging Richtung Hotel.

„Wir warten hier und gehen dann gemeinsam hinein." Ihr Fahrer konnte sehr bestimmend sein.

Kevin und Pamela bekamen ein Zimmer im ersten Stock, Julius und Maria das Zimmer daneben. Knapp drei Meter, schätzte Julius die Entfernung zum Boden, als er aus dem Fenster sah. Das war relativ ungefährlich. Wieder hatte ihn die Reiseleiterin überrascht. Er war auf eine längere Diskussion vorbereitet gewesen, aber sie hatte verstanden, worum es ihm ging – und sofort gehandelt.

Das Abendessen nahmen sie in einem Restaurant zu sich, das nur wenige Schritte vom Hotel entfernt lag. Christine hatte in einem kleinen Raum aufdecken lassen, dadurch war die Gruppe unter sich, und sie konnte etwas über Shkodër erzählen, ohne dass andere Restaurantgäste gestört wurden.

Sie wies darauf hin, dass diese Stadt immer schon das kulturelle Zentrum von Nordalbanien gewesen war, und dass von hier aus viele Impulse einer kulturellen Erneuerung ausgegangen waren und noch immer ausgingen. Das betraf aber nicht nur positive Aspekte. Auch das Wiedererwachen des Gewohnheitsrechts nach der Diktatur *Hoxhas* nahm hier ihren Ausgang. Allerdings, erklärte sie, geschah dies in einer wesentlich vereinfachten Form und vielfach ohne Berücksichtigung der Regeln des Kanuns, was sich auch darin äußerte, dass Frauen beim Vollzug der Blutrache nicht mehr tabu waren.

„Es soll“, fuhr sie fort, „hier in der Stadt eine Schießerei gegeben haben, weil ein Mann das Mädchen eines anderen angesprochen hat und sich dieser dadurch in seiner Ehre gekränkt fühlte.“ Mittlerweile sei diese Form der Selbstjustiz wieder weitgehend zurückgedrängt worden. „Der Kanun“, fügte sie hinzu, „ist in manchen Regionen aber nach wie vor lebendig.“

Sie brachte einen kurzen Abriss der Geschichte und wies darauf hin, dass die Stadt das Zentrum der albanischen Katholiken war. Zum Abschluss erwähnte sie noch das Fotomuseum, dessen Besuch am nächsten Tag auf dem Plan stand.

Julius und Maria waren gleich nach Pamela und Kevin ins Hotel gegangen, und konnten sich überzeugen, dass sie auch tatsächlich ihr Zimmer aufgesucht hatten. Sie blieben noch einige Zeit auf dem Bett liegen und horchten, ob die beiden den Raum nochmals verließen. Das war offenbar nicht der Fall. In dem angrenzenden Zimmer blieb es ruhig.

Maria schlug einen kurzen Spaziergang vor, und er stimmte gerne zu. Ein wenig Bewegung war schließlich gut. Sie fanden ein Lokal mit einem netten Garten, in dem jeder ein Glas Raki trank. Bei Heimgehen sahen sie ein interessantes Schauspiel hinter dem Vorhang eines weiter oben gelegenen Zimmers in ihrem Hotel. Die Gestalt, deren Schattenriss offenbar von einer Nachttischlampe auf den Vorhang projiziert wurde, wirkte auf Julius wie ein kahlköpfiger Mönch, der im Zimmer tanzte.

„Wieso tanzt der Mönch allein?"

Maria lachte.

„Das ist tatsächlich so etwas wie eine Choreografie. Wenn man Karate oder ähnliche Kampfkünste lernt, dann geht es darum, Bewegungen so einzuüben, dass man diese ablaufen lassen kann, ohne darüber nachzudenken. Das erreicht man, indem man festgeschrieben Folgen von Angriffen und Verteidigungsbewegungen trainiert. So eine Abfolge nennt man Kata, die wird auch bei den Prüfungen vorgezeigt. Eine derartige Kata muss einem in Fleisch und Blut übergehen. Sie wird trainiert, trainiert und wieder trainiert. Bis sie der oder die Ausführende fast ohne zu denken durchführen kann. Im Fall eines Angriffs spielt der Geübte eine Bewegungsabfolge nach der anderen ab. Darum ist er dann so schnell. Und je höher der Rang des Schülers oder Lehrers, desto komplexer ist natürlich die

Kata. Du hast das vermutlich schon irgendwo gesehen, die Shaolin-Mönche sind berühmt dafür. Daher wohl deine Assoziation mit einem Mönch."

„Könnte ich das auch noch lernen?"

„Klar, ich habe vor kurzem gesehen, dass es auch Anfängerkurse für Senioren gibt. Aber zuerst muss dein Knie in Ordnung sein, dann würde ich dir normale Gymnastik empfehlen. Und wenn du wieder beweglich und etwas schlanker bist, wenn du ohne Probleme und ohne dich irgendwo anzuhalten vom Boden aufstehen kannst und vielleicht sogar noch ein paar Liegestütze zusammenbringst, dann kannst du mit Karate beginnen."

„Genauso habe ich das vermutet", erwiderte Julius enttäuscht.

Er schlief schlecht in dieser Nacht. In seinen Träumen vermischten sich Elemente der Blutrache mit seiner Sorge um Pamela, der – weil als Frau hier offenbar nicht geschützt – in den Straßen der Altstadt von wilden Kerlen mit geschwärzten Gesichtern aufgelauert wurde. Auch wachte er immer wieder auf, um zu horchen, ob sich im Nebenzimmer etwas rührte, aber es blieb still.

Ziemlich zerschlagen stand er am nächsten Morgen auf.

„Deine Knie?“, fragte Maria, aber Julius schüttelte den Kopf. „Mir ist Pamela nicht aus dem Kopf gegangen. Morgen kommen wir ins Gebirge, und ich weiß nicht, wie wir sie dort beschützen können. Wenn unsere Theorien stimmen, dann ist sie in großer Gefahr. Aber die Polizei einzuschalten macht keinen Sinn. Die würden uns auslachen. Alles was wir haben, sind ein paar Vermutungen.“

Nach dem Frühstück besichtigten sie die Stadt. Auch hier gab es diese breiten Boulevards, die sie schon von Tirana her kannten, mit den schattenspendenden Bäumen sowie unzähligen Cafés und Geschäften. Von Lebensmitteln über Güter des täglichen Gebrauchs bis zu Festkleidung wurde alles angeboten.

Wenig später erreichten sie die Rruga Kolë Idromento, eine herausgeputzte Fußgängerzone, die auch als venezianische Straße bezeichnet wurde. Hier reihte sich Gastgarten an Gastgarten und hier befand sich auch das Marubi Museum, ihr wichtigstes Ziel in Shkodër. Die Reiseleiterin hatte begeistert davon erzählt, dementsprechend groß war die Erwartungshaltung, und sie wurden nicht enttäuscht.

Die Bilder der Fotografendynastie Marubi gaben einen erstaunlichen Einblick in die albanische Gesellschaft. Die ältesten Fotografien stammten aus 1856, dem Jahr, in dem sich der aus Italien kommende *Pietro*

Marubi hier angesiedelt hatte. Insgesamt umfasste die Sammlung eine halbe Million Bilder.

Es waren Fotos von allen Bevölkerungsschichten – einfache Leute, Landbevölkerung, Stadtmenschen und Prominenz. Sie zeigten Alltagsszenen, fröhliche Feste und recht häufig auch Begräbnisse. Julius begeisterten vor allem die Gruppenbilder, die mit offenbar großformatigen Kameras fotografiert, einen unglaublichen Detailreichtum zeigten. Selbst wenn über 100 Personen auf einem Bild dargestellt waren, konnte man doch den Gesichtsausdruck jedes Einzelnen erkennen.

Es gab einen Raum, in dem offenbar traditionelle Personenaufnahmen vor einem klassizistischen Hintergrund gemacht worden waren. Dieser Raum konnte betreten werden, kleine Löcher in der Wand luden ein, es den alten Fotografen gleichzutun und durch diese hindurch zu fotografieren. Julius bat Maria in den Raum und fertigte ein paar Bilder von ihr an. Auch Franz und Grete nutzten die Gelegenheit. Martina fotografierte Mara und auch Heinz stellte sich als Fotograf seiner Familie zur Verfügung. Die meisten fotografierten mit ihren Handys, Julius war einer der wenigen, der zusätzlich noch eine kleine Digitalkamera mithatte.

Nach dem gemeinsam eingenommenen Mittagessen entließ die Reiseleiterin die Gruppe. Den Nachmittag konnte jeder auf seine Art gestalten.

Pamela hatte Kopfschmerzen und wollte ins Hotel zurück. Julius und Maria erklärten sich bereit, sie zurückzubegleiten, aber Kevin, der ursprünglich einkaufen wollte, hatte es sich offenbar anders überlegt und ging mit ihr.

Julius und Maria folgten ihnen und gingen kurz auf ihr Zimmer, um sich frisch zu machen, vor allem aber, um zu sehen, ob die beiden im Hotel blieben. Diesbezüglich beruhigt, machten sie sich auf den Weg durch die Stadt, kehrten aber nach der Besichtigung des Migjeni Theaters wieder um, da erneut Knieprobleme auftraten.

Julius machte es sich auf seinem Bett bequem. Er musste unbedingt das neue Buch beginnen! ‚Der zerrissene April' von *Ismail Kadare* würde ihn in die Welt der Blutrache und der geschworenen Jungfrauen führen, ins Gebirgsland des nördlichen Albaniens – in die Gegend um Theth. Ein paarmal hatte er bereits einen Blick hineingeworfen, zum richtigen Lesen aber noch keine Zeit gehabt. Jetzt war eine gute Gelegenheit. Maria war nochmals fortgegangen, sie wollte nach ein paar Mitbringseln, wie sie es nannte, Ausschau halten.

Auch nach dem Abendessen zog sich Julius gleich wieder ins Zimmer zurück. Der Abend würde lang werden. Er hatte eine große Flasche Wasser und eine kleine Flasche Raki vorbereitet. Erstmals hatte er auch eine der schmerzstillenden Tabletten genommen, um nicht durch sein schmerzendes Knie abgelenkt zu werden. Pamela und Kevin waren bereits zu Bett gegangen. Maria war bei den anderen geblieben, die im Gastraum des Hotels den Tag besprachen, ihn aber hatte es mit aller Macht ins Zimmer gezogen. Falls seine Zimmernachbarn noch einmal fortgehen sollten, würde er die Türe hören. Das war aber unwahrscheinlich. Die beiden schienen stets früh schlafen zu gehen, oder sie sahen lange fern.

Julius nahm sich das Buch vor. In Kürze würden sie in der Gegend sein, in der die Handlung spielte. Er hatte im Internet über den Kanun, das Gesetzeswerk, nach dem die Bewohner des unzugänglichen Nordens lebten, recherchiert. Es war eine fremde Welt, dort oben in den Bergen. Zumindest war sie es gewesen. Julius tat sich schwer, Gegenwart und Vergangenheit auseinanderzuhalten.

Kaum hatte er die ersten Absätze gelesen, vergaß er alles um sich. In Gedanken befand er sich in der wilden Gebirgslandschaft, in der die Handlung spielte. Ihm fiel auf, dass er sich die Gegend nicht in Farbe, sondern in Grautönen dachte. War das auf den düsteren Inhalt zurückzuführen? Oder darauf, dass die Handlung an die 100 Jahre zurücklag und er die Ereignisse wie einen Film aus dieser Zeit erlebte?

Er erfuhr, wie die Leute damals gelebt hatten. Dass manches davon immer noch so sein konnte, beunruhigte ihn. Julius hatte einen Artikel der ‚Zeit' im Internet nachgelesen. Seit dem Ende des *Hoxha*-Regimes 1991 waren 9.500 Menschen im Namen des Kanuns getötet worden. Rund 1.200 Kinder wuchsen dem Bericht zufolge ohne Schulbildung auf, weil sie das Haus nicht verlassen konnten, ohne ihr Leben zu riskieren. Der jüngste Bub, der versteckt werden musste, um nicht getötet zu werden, war gerade einmal 18 Monate alt. Manchen gelang die Flucht in die EU. Der Bericht stammte aus dem Jahr 2009.

Meist waren es drei Generationen, die, dem Roman zufolge, unter der Anführerschaft des ältesten Mannes der Familie in einem Haus wohnte. Dieser Mann war es, der die Ehre der Familie zu schützen hatte. Ihm kam es offenbar zu, zu entscheiden, welcher der Söhne die Blutrache zu vollziehen hatte. Freilich war damit auch derjenige bestimmt, welcher als nächster durch eine Kugel fallen würde. Um der Ehre einer anderen Familie willen. Das blutige Hemd des zu rächenden Toten war im Haus sichtbar aufgehängt; die Rache musste erfolgen, solange das Blut nicht ausgeblichen war. Auch für die rechtzeitige Durchführung des Mordes hatte das Familienoberhaupt Sorge zu tragen.

Ausweg gab es offenbar keinen. Wenn beim Rat der Alten auch nur einer dagegensprach, so war eine andere Einigung - ein Verzeihen - ausgeschlossen.

Wer dazu bestimmt war, vom Blut befallen zu werden, also zu töten, hatte kaum eine andere Wahl. Theoretisch vielleicht, aber nicht in der Realität der einsamen Bergdörfer. Und er musste darauf achten, sein Opfer nicht nur zu verletzen, denn das dafür zu zahlende Blutgeld war teuer und konnte eine Familie finanziell vernichten. Ein verlorenes Menschenleben war in dieser Tradition der Bergdörfer offenbar weit weniger wert.

Wie die Tat selbst, war auch die weitere Vorgangsweise streng ritualisiert. Unmittelbar nach dem Mord sandte der Täter Unterhändler zur Familie des Getöteten, um das 24-stündige Ehrenwort zu erlangen, das ihm für diesen Zeitraum Sicherheit bot. Für den Verstorbenen gab es eine Leichenfeier. Mit blutig zerkratzten Gesichtern saßen die Angehörigen des Ermordeten um den Tisch. Mitten unter ihnen war der Mörder, der sich überlegen konnte, wer von den Männern um ihn herum ihm das Leben nehmen würde. Am Begräbnis seines Opfers teilzunehmen war eine der Pflichten des Täters.

Das große Ehrenwort war die nächste Hürde. Wurde es gegeben, und das schien die Regel zu sein, hatte der vom Blut befallene 30 Tage Sicherheit. Danach würde er sterben oder er musste sich in seinem Haus verkriechen und bei heruntergelassenen Vorhängen darauf warten, dass man ihn versorgte. Auch in den Blutracheturm konnte er flüchten. Dort versammelten sich die Männer, die in derselben Situation waren. Offenbar konnte das Blut auch einen der anderen Männer der Familie treffen. War der Täter nicht fassbar, musste ein anderes männliches Familienmitglied als Ersatzziel herhalten. Das konnte jeden treffen, auch die, welche noch in die Volksschule gingen. Selbst Knaben, die unbewaffnet und ahnungslos die Schafe hüteten, waren vom dazu Auserwählten mit einem Schuss in den Kopf getötet worden. Nur die Frauen waren nach den Regeln des Kanuns sicher. Aber sie mussten, wenn die Männer alle tot oder versteckt waren, sämtliche Arbeiten leisten und die anfallenden Aufgaben erledigen.

War das große Ehrenwort erteilt, so konnten die betroffenen Männer die dadurch garantierten 30 Tage nutzen. In dieser Zeit war Geld an eine bestimmte Familie zu bezahlen, die als Hüterin des Kanuns fungierte und auch darüber Buch führte.

Diese Ritualmorde waren offenbar an der Tagesordnung. Von einem einzigen Tag wurde berichtet, an dem es in der Region keinen Mord nach den Regeln des Kanuns gegeben hatte. Dieser Umstand war für die Familie, der das Blutgeld zustand und die für die Dokumentation aller Morde nach dem Kanun verantwortlich war, äußerst beunruhigend. *Kadare* beschrieb, wie man über diesen ‚Verfall der Sitten' besorgt war. Offenbar bezog diese Familie aus dem andauernden Morden ein beträchtliches Einkommen.

Nachdem das Blutgeld abgeliefert worden war, hatte der Todeskandidat noch etwas Zeit, seine Angelegenheiten zu ordnen, die Felder zu bestellen oder zu heiraten. Vor allem Letzteres fand Julius in mehrfacher Hinsicht absurd, in den Bergen war es aber offenbar selbstverständlich, dass die dem Blut verfallenen noch schnell heirateten. Vermutlich war es auch für die Frau besser, als Witwe zu leben, als womöglich keinen Mann mehr zu bekommen.

War auch die Zeit des großen Ehrenwortes abgelaufen, konnte man noch einige Zeit überleben. Im Haus selbst oder im Dunkeln war es sicher. Im Dunkeln aber nur dann, wenn der Mond nicht hell genug schien, um einen sicheren Schuss zu ermöglichen. Auch an manchen Wegstrecken war man geschützt. Es waren aber offenbar immer nur bestimmte Abschnitte, kein Netz von Wegen, das ein Fortkommen ermöglichte.

Als der Protagonist innerhalb der 30 Tage, in denen er sich noch frei bewegen konnte, einen Hochzeitszug sah, dachte er an seine eigene Braut, die ihm nach langem Siechtum in die Ewigkeit vorausgegangen war. Wäre es zur Hochzeit gekommen, hätte ihm der Vater seiner Braut die rituellen Aussteuerpatronen übergeben. Jene Patronen der gesegneten Hand, mit denen er vom Brautvater das ausdrückliche Recht bekommen hätte, seine Frau im Falle eines Fehltrittes zu töten. Wahrscheinlich hätte er sie weggeworfen, dachte der Protagonist.

Wahrscheinlich? Was war das für eine Welt? Für Julius war sie eine Spiegelwelt zu der, die er kannte. Einer Welt, in der das Leben im Mittelpunkt stand und der Tod eine bedauerliche Ausnahme bedeutete.

Welcher Mord in einer langen Reihe von gegenseitigen Tötungen der Ausgangspunkt war, wusste man vielfach nicht mehr. Die Ehre verlangte, dass der jeweils letzte Mörder getötet wurde. Wenn dies nicht gelang, so musste ein anderes, männliches Familienmitglied daran glauben. Und wenn der offenbar sehr komplexe Versöhnungsprozess nicht gelang, ging das so weiter, bis in alle Ewigkeit, oder bis es kein männliches Familienmitglied mehr gab. Dann übernahm eine der Frauen als geschworene Jungfrau die Amtsgeschäfte der Familie. Das System der Blutrache war damit erloschen.

All das setzte voraus, dass der Mörder bekannt war, und in der Regel war das auch so, da dieser ja eine Ehrenschuld zu begleichen hatte und daher seine Tat kundtun musste. War der Mörder nicht bekannt, war man auf Indizien angewiesen oder man schien zu raten. Immer wurde das Blut mit der Büchse genommen, nie mit einem Messer oder Strick. Der Kanun ließ das nicht zu.

Der Tod durch Erschießen war die normale und auch wünschenswerteste Art des Sterbens. *Kadare* zitierte einen Glückwunsch, den man, dort in den Bergen, bei der Geburt eines Knaben aussprach. ‚Ein langes Leben, und dass ein Gewehr dich töte', hieß es da. Eine andere Art des Todes, so der Autor weiter, schien eine Schmach zu bedeuten.

Die Männer, die Blut genommen bzw. gegeben hatten, wurden besonders geehrt, ihr Leben bildete die Geschichte der Familie, die anderen wurden, offensichtlich weitgehend vergessen. Vierzig Tote waren es im Fall des Protagonisten, 20 Tote auf jeder Seite. Und ein Ende war nicht absehbar.

Erst lange nachdem Maria zu ihm unter die Decke geschlüpft war, fiel Julius in einen unruhigen Schlaf.

In dieser Nacht wachte er mehrmals auf. Zweimal war er der Meinung, einen Hilferuf gehört zu haben. War es Pamela, die gerufen hatte? Aber es schien bloß

Einbildung seiner überreizten Phantasie gewesen zu sein. Sobald er richtig wach war, war nichts mehr zu hören.

„Und die Gerichte, die Polizei?“, fragte Maria, nachdem ihr Julius beim Frühstück von dem Gelesenen erzählt hatte. Er konnte sich nur schwer vom Eindruck des Buches lösen.

„Zwanzig Jahre Gefängnis bis lebenslänglich steht gegenwärtig auf einen Rachemord. Offenbar gibt es dafür einen eigenen Paragrafen, aber ich kann mir nicht vorstellen, dass das jemanden abschreckt. In den Bergen ist es einfacher, sich vor der Polizei zu verstecken als vor den Nachbarn, die es auf einen abgesehen haben. Und wen der fast sichere Tod durch einen Schuss in den Kopf nicht abschreckt, der wird auch eine Gefängnisstrafe nicht fürchten. Und was hilft es? Der Täter kommt in das Gefängnis und ist dort vor der Blutrache in Sicherheit. Ich nehme an, dass in diesem Fall der Kanun vorsieht, dass ein anderes Familienmitglied daran glauben muss. Das kann einer von 10 oder 20 anderen sein, die alle damit rechnen müssen, erschossen zu werden. Der Schütze, so habe ich das verstanden, kann es sich in so einem Fall ja aussuchen, wen er tötet. Also müssten sich alle Männer verstecken."

„Aber bei jeder Regelung muss es jemanden geben, der diese exekutiert. Bei unseren Gesetzen sind das Polizei und Gerichte, die Verstöße ahnden. Wie ist das hier? Wenn jemand einfach nichts macht und seinen Kontrahenten am Leben lässt, ist die Sache dann nicht beendet?"

„Das ist hier eine Sache der Ehre, und die Ehre steht offenbar über allem, auch über der Vernunft. Natürlich funktioniert das nur so lange, als möglichst alle daran glauben. In diesem Fall ist die Verbindlichkeit des Kanuns weitaus höher als die eines von außen aufgezwungenen Gesetzes. Wenn die Menschen nicht mehr daran glauben, dann gibt es den Kanun als Gesetz nicht mehr. Dann ist er ein nur noch historisch interessantes Recht. Etwas, das lange mündlich tradiertes Gewohnheitsrecht war, irgendwann aufgeschrieben wurde, aber im Alltag der Menschen keine Bedeutung mehr hat.

„Und gibt es keinen anderen Weg, diesen Teufelskreis zu beenden, solange der Kanun in Kraft ist, weil die Menschen eben daran glauben?"

„Die Blutrache erlischt entweder weil es in einer Familie kein männliches Wesen mehr gibt oder wenn der Rat der alten Männer einem Verzeihen zustimmt.

Das dürfte jedoch selten sein, weil es einstimmig sein muss und sich fast immer irgendein alter Trottel findet, der dagegen ist. Aber am wichtigsten ist, dass trotz der überwiegend katholischen Tradition, Verzeihen als Feigheit angesehen wird. Und das ist in einer Gesellschaft, in der die Ehre alles andere überwiegt, zweifellos ein Totschlagargument."

„Und wie war es in der Diktatur bis 1991?"

„Unter *Enver Hoxha,* so heißt es, ist die Blutrache weitgehend zum Erliegen gekommen. In Diktaturen ist es offenbar immer einfacher, die Macht des Staates durchzusetzen, weil sich Diktatoren nicht um Kollateralschäden kümmern. Erschreckend ist, dass nach der fast ein halbes Jahrhundert dauernden Diktatur die Blutrache wieder aufgeflammt ist. Der neue Staat ist offenbar in seinen Randgebieten immer noch zu schwach, um das Recht durchzusetzen. Ich habe gelesen, dass das bei den EU-Beitrittsüberlegungen eine Rolle spielt. Zweifellos kann die EU hier Unterstützung bieten."

„Wie soll das geschehen, wenn die Albaner selbst nichts erreichen? Immerhin kennen die sich aus."

„Wie die EU immer funktioniert. Man verbessert die Lebensumstände der Menschen und gibt ihnen eine Perspektive. Das funktioniert nur gemeinsam mit der Bevölkerung, das ist allen klar. Wenn die Leute eine Perspektive für ein besseres Leben sehen, dann wird das eine ganze Menge ändern. Dafür braucht es vor allem Geld und strikte Regeln für dessen Vergabe. Genau das beherrscht die EU. Und natürlich gibt es für alle Lebensbereiche erfahrene Menschen, die als Berater dienen können. Etwa, wenn es um das Etablieren von Gesetzen oder Prozessen geht. Aber das braucht Zeit."

„Du hast dich ja damit intensiv auseinandergesetzt", meinte Maria anerkennend. „Ich muss zugeben, dass ich dafür keine Geduld hätte. Es hat mich daran erinnert, was du mir einmal über die kleinen Dörfer in Österreich erzählt hast, wo es Familienfeindschaften gibt, an deren Ursache sich niemand mehr erinnern kann. Glücklicherweise bringt man sich bei uns nicht um, zumindest heutzutage nicht mehr. Aber man macht sich das Leben schwer. Ich bin eben ein Stadtmensch. Meine Umgebung nehme ich wahr, wie sie mir gegenüber auftritt, ohne das ganze Gewicht der Familiengeschichte und der Vergangenheit. Ich bin der Meinung, dass die Stadt die Zivilisation, wie wir sie heute kennen, erst ermöglicht hat. Das Leben auf dem Land ist mir unheimlich."

„Da hast du schon recht, das Leben am Land hat oft seine eigenen Regeln. Aber ich möchte noch einmal auf das Scheitern der Exekutive zurückkommen. Offenbar hat die Polizei keine Chance, einen Täter zu finden, auch wenn dieser allen bekannt ist. Wie schwierig muss es dann sein, wenn ein Mensch aus dem Ausland getötet wird, den ohnehin niemand kennt und der keinen Menschen hier interessiert? Ich glaube, wir müssen gut auf Pamela aufpassen. Immerhin wird uns langsam klar, von welcher Seite Gefahr droht."

„Ich frage mich, wie wir auf sie aufpassen sollen. Du kannst mit deinem kranken Knie nicht mehr so schnell laufen, und ich bin auch nicht mehr die Jüngste."

„Ich vermute, solange sie im Hotel sind, brauchen wir uns keine Sorgen zu machen. Gefährlich wird es draußen, wenn die anderen nicht dabei sind. Dann müssen wir ran. Wir dürfen sie in so einer Situation nicht allein lassen. Wir haben dazu keine Alternative. Für eine Anzeige wäre die Suppe, selbst bei uns daheim, viel zu dünn. Und hier ist sie es erst recht."

Nach dem Frühstück brach die Gruppe nach Theth auf. Es wären bloß etwa 70 Kilometer, meinte Arian, in drei bis vier Stunden sollte das zu schaffen sein. Dabei schmunzelte er zufrieden. Julius hatte über die Strecke gelesen. Sie war eine ziemliche Herausforderung, an die man sich normalerweise mit einem Jeep oder zumindest mit einem allradgetriebenen Auto wagte. Aber ihr Chauffeur versicherte, dass er die Route auch mit dem kleinen Bus gerne fuhr. Julius zweifelte nicht daran. Nachdem er den Mann in Gjirokaster Autofahren gesehen hatte, konnte ihn nichts mehr überraschen.

Der erste Teil der Straße war harmlos. Gut asphaltiert, wie bisher fast überall in Albanien. Sie passierten Felder, auf denen vor allem Küchenkräuter gezogen wurden. Nach einigen Kilometern, nachdem sie bei einem Gefängnis vorbeigekommen waren, begann die Straße anzusteigen. Die Berge rückten näher und die Gelb- und Rottöne des Herbstlaubes verzauberten die Landschaft. Immer noch in ausgezeichnetem Zustand wand sich die Straße in Serpentinen dem Grat zu.

Nach dem Terthorja-Pass auf knapp 1.700 Metern änderte sich alles. Die Sicht wurde düster und die Straße erschien Julius schlichtweg unpassierbar. Hier hatte es noch nie einen Asphalt gegeben. Schotter und größere Steine bildeten die Fahrbahn, dazwischen sah man die Wurzeln großer Bäume und vom Regen ausgeschwemmte Rinnen. Aber Arian war in seinem Element.

Die Passagiere wurden hin und her geschüttelt. Martina umklammerte Mara, bis sich diese freimachte. Sie fand das Gerüttel lustig. Auch Steffi quietschte vor Vergnügen. Franz meinte bloß lapidar: „Was habt ihr? Früher war das immer so, in den

Bergen." Grete stimmte ihm zu. Wie den Kindern schien auch den beiden Alten das Schütteln zu behagen.

Bei einer der wenigen breiten Stellen überholte ihr Bus zwei große BMW.

„Der Allradantrieb hilft denen nichts", erklärte Arian seinen Passagieren. „Die haben Kraft und bringen diese auch auf die Straße. Aber sie sind alle viel zu niedrig, es fehlt ihnen die Bodenfreiheit. Da ist der Bus einfach besser. Die fehlenden PS muss man halt durch genug Schwung ersetzen. Stehenbleiben sollte man vermeiden, langsam fahren auch."

Julius fragte sich, woher der Eindruck der Dunkelheit kam. Zwar lag der Weg im Schatten, möglicherweise war auch der Anteil der Nadelbäume recht groß, vermutlich lag es aber vor allem am Buch, das er gelesen hatte. Sie befanden sich in der Zone des Schattens, wo das Gesetz des Todes galt. Das Königreich des Todes, wie es in dem Buch geheißen hatte. Unwillkürlich hielt er Ausschau nach ausgemergelten Gestalten mit einem schwarzen Band am Arm, dem Zeichen derer, die Blut zu geben oder zu nehmen hatten. Aber niemand schien hier zu Fuß zu gehen, nur selten kam ihnen ein Auto entgegen. Und die wenigen waren entweder Jeeps von Reiseagenturen, die hier ein Abenteuer versprachen, oder dicke Limousinen wohlhabender Albaner, die von ihren Wochenendhäusern kamen.

Er vermied es, hinauszusehen. Häufig fuhr der Bus knapp am Rand eines gähnenden Abgrunds entlang, aber er konnte nichts anderes tun, als sich auf ihren Fahrer zu verlassen.

Julius fiel in einen Halbschlaf. Leicht vorgebeugt saß er auf dem Sitz, Oberkörper und Kopf schaukelten hin und her. So hatte er gelernt, längere Fahrzeiten im Bus zu verbringen. Wenn er genug gesehen hatte, konnte er auf diese Art schlafen oder seinen Gedanken nachhängen. Plötzlich schreckte er auf, vor dem Bus war ein großer, kräftiger Mann aufgetaucht. Er trug einen langen, wallenden Bart, lange verfilzte Haare und ein schwarzes Band am Arm. In der Hand hielt er ein riesiges Gewehr, mit einer Mündung so groß wie ein Ofenrohr, das er auf den Bus richtete. Aber der Spuk war verschwunden, sobald Julius aus seinem Traum aufschreckte.

Nach einer scharfen Kehre verließen sie den Wald und sahen ein malerisches Tal unter sich liegen. „Da unten ist Theth", erklärte Arian. Eine Brücke, einige im Tal verteilte Häuser, darunter eine Kirche, waren zu sehen. Julius hatte sich das Dorf anders vorgestellt.

„Sechzig bis achtzig Menschen leben hier", erläuterte der Fahrer. „Ihre Häuser sind auf acht bis neun Siedlungen aufgeteilt."

Nahe der Kirche blieb der Bus stehen. Mit etwas weichen Knien stiegen sie aus. Alle, mit Ausnahme von Franz und Grete sowie der Kinder, waren froh, dem Schaukeln des Busses entkommen zu sein.

Die Kirche war klein, aber ausgesprochen massiv gebaut und hatte eine ausladende Apsis. Im Kommunismus war sie als Lagerraum verwendet worden und sie wirkte recht wehrhaft. Unweit der Kirche ragte ein Wehrturm empor, der auch als Fluchtturm für die Blutrache gedient hatte. Julius betrachtete ihn mit Grauen. All das, was er darüber gelesen hatte, kam ihm in den Sinn.

Die Reiseleiterin führte sie zu dem Turm. Im Erdgeschoß waren die blanken Felsen erkennbar, auf denen das Gebäude errichtet worden war. Über eine Holzleiter ging es hinauf. Nur wenig Licht drang in den Raum, der für viele zum Gefängnis geworden war. Felle und Teppiche lagen auf dem Boden, niedrige Holzmöbel bildeten das Mobiliar. Julius verzichtete auf den Aufstieg zum Dachgeschoss und war froh, als sie wieder an der Sonne waren.

Ihr nächstes Ziel war ihr Quartier, wo sie bereits erwartet wurden. Die Wirtsleute begrüßten sie herzlich;

sie hatten auf einem großen Tisch im Garten für die Gruppe gedeckt und verwöhnten ihre Gäste.

Ein Spaziergang am Nachmittag zeigte ihnen das Gebirge in seiner ganzen Wildheit. In unmittelbarer Nähe ihres Quartiers gelangten sie zu einem Steilabbruch, gut 30 Meter fielen hier die Wände senkrecht ab. Julius und Maria blieben immer knapp hinter Pamela, auch Petra wich nicht von ihrer Seite. Wollte auch sie Pamela beschützen? Julius gewann diesen Eindruck. Aber sie hatten bisher noch keine Gelegenheit gehabt mit Petra zu sprechen, sie war ihnen bisher erfolgreich aus dem Weg gegangen. Aber das war jetzt nebensächlich. Julius und Maria atmeten auf, als sie endlich wieder auf sicherem Terrain im Wald waren. Ihre Nerven waren zum Zerreißen gespannt gewesen.

„Es ist ganz offensichtlich, dass Petra Pamela beschützen möchte“, flüsterte Julius Maria zu. Sie waren etwas zurückgefallen, um miteinander sprechen zu können. Hier auf dem Waldweg drohte Pamela keine Gefahr.

„Genau, und eigentlich wäre es logisch, dass sie mit anderen darüber spricht, mit uns zum Beispiel. Ihr müsste auch langsam aufgefallen sein, dass wir uns um Pamela Sorgen machen. Im Übrigen habe ich den Eindruck, dass Petra nicht nur allen Gesprächen mit uns aus dem Weg geht. Mit Kevin oder Pamela habe ich sie auch noch nie reden gehört, du etwa?“

Julius kramte in seinen Erinnerungen, aber auch ihm fiel keine Situation ein.

„Stimmt, und wenn ich's mir genau überlege, können wir nicht zu 100 Prozent sicher sein, dass es Petra darum geht, Pamela zu schützen. Was wir mit Sicherheit wissen ist, dass sie sich immer in der Nähe der beiden herumtreibt. Theoretisch könnte Pamela auch von Petra Gefahr drohen."

„Oder Kevin!"

Julius verdrehte die Augen. „Damit wären wir wieder am Anfang."

Endlich im Quartier, ließ sich Julius aufs Bett fallen, das war zu viel für ihn gewesen! Wegen der Aufregung hatte er nicht auf sein Knie geachtet, jetzt bekam er dafür die Rechnung präsentiert. Er ließ sich von Maria ein Glas Wasser bringen und angelte seine Tabletten aus der Tasche. Die würden hoffentlich helfen.

Er versuchte zu schlafen, während Maria hinausging, um die Sonne zu genießen. „Das Wetter ist herrlich", schwärmte sie, als sie zurückkam. „Pamela und Kevin sind in ihrem Zimmer und Petra ist nirgends zu sehen. Ich hätte sie sonst angesprochen und versucht, etwas aus ihr herauszubekommen. Aber ich wäre vorsichtig gewesen. Wir wissen tatsächlich nicht, wo sie steht."

Bis zum Abendessen hatte der Schmerz etwas nachgelassen. Pamela und Kevin erschienen zum Essen, verließen aber danach sofort den Raum. Petra tat es ihnen gleich.

Trotz der niedrigen Temperaturen hielten Julius und Maria das Fenster geöffnet. So konnten sie besser hören, was um sie herum geschah. Wieder hatten sie das Nachbarzimmer des Paares zugeteilt bekommen. Sie gingen teilweise bekleidet zu Bett. Sollten sie schnell aufstehen müssen, würden sie kaum Zeit verlieren.

Den Großteil der Nacht schlief Julius fest und traumlos. Erst kurz vor Sonnenaufgang träumte er, Geräusche aus dem Nebenzimmer zu hören. Er träumte, dass er Maria, die immer einen viel tieferen Schlaf hatte als er, weckte, dass sie sich beide anzogen, dass im Nebenraum die Tür geöffnet und wieder geschlossen wurde und dass kurz danach aus dem Hof Stimmen durch das offene Fenster drangen.

Mit einem Ruck richtete er sich auf. Er hatte nicht bloß geträumt!

Als er aus dem Fenster blickte, konnte er Kevin erkennen, der auf seine Frau einredete. Er packte sie an der Hand und Pamela ging widerwillig mit. Julius hörte etwas von einem Sonnenaufgang, den sie gemeinsam betrachten wollten.

Sofort kletterte er aus dem Bett und weckte Maria.

Julius hatte erkennen können, dass die beiden den Weg genommen hatten, auf dem sie auch am Vortag unterwegs gewesen waren - den Pfad zur Steilwand.

Sie zogen sich so schnell wie möglich die restlichen Kleidungsstücke an und liefen los.

Julius hatte seinen Stock mitgenommen, kam aber nicht schnell genug voran, sodass Maria ihm zurief, dass sie allein vorgehen würde.

Julius schätzte, dass er schon nahe der Plattform mit dem Steilabbruch sein musste, als er Kevins Stimme hörte. „Stellt euch nicht so an!" Das klang verdammt höhnisch, irgendetwas musste vorgefallen sein. Kurz überlegte Julius, Hilfe zu holen, aber die würde zweifellos zu spät kommen. Er fasste seinen Stock fester und trat auf die Lichtung hinaus. Pamela lag am Boden, offenbar hatte sie sich am Fuß verletzt, Maria lag ebenfalls am Boden, etwas weiter entfernt, ihre Hände waren hinter dem Rücken, Kevin musste sie gefesselt haben.

„Schön den Stock fallen lassen!" Kevin klang nicht so, als würde er mit sich reden lassen. Und ein Revolver in seiner Hand unterstrich diesen Eindruck.

„Und jetzt die Hände auf den Rücken!" Er hielt ein paar Kabelbinder in der Hand. Wohl oder übel musste sich Julius gefallen lassen, dass ihm die Arme am Rücken zusammengebunden wurden, wie es vorhin mit Maria geschehen war. Brutal wurde er von Kevin in ihre Richtung gestoßen.

Das sollte es jetzt gewesen sein? Oder gab es noch eine Lösung? Fieberhaft dachte Julius nach. Was kann ich denn? Ich bin Physiker und kein Kämpfer. Konnte ihm die Physik in dieser Situation zu Hilfe kommen? Mit den Plastikfesseln würde er vielleicht fertig werden. Sie waren massiv, aber aus weichem Plastik gearbeitet. Bei Reibung würde diese Art von Kunststoff relativ schnell weich werden. Julius hatte eine Idee.

„Ist dir die Thermik aufgefallen?", fragte er. Julius blickte dabei suchend nach oben. Verwirrt sah ihn Kevin an, dann deutete er mit dem Finger auf seine Stirn. „Der Spaß wird euch schon noch vergehen."

Julius drehte sich leicht zur Seite, um mit den auf den Rücken gebundenen Händen Marias Schuhbänder zu erreichen. Kaum hatte er sie gefunden, begann er eines auszufädeln und das eine Ende des Bandes unter seinen Fesseln durchzuziehen. Er musste das Schuhband spannen und möglichst schnell hin und her bewegen und in das Plastikband einschneiden. Mit etwas Glück würde sie es so zerteilt werden. Maria hatte den Quatsch mit der Thermik verstanden und half mit, so gut es ging.

Sie hatten sich überrumpeln lassen. Jetzt durften sie keine Zeit mehr verlieren!

Viel Bewegungsspielraum hatten sie nicht, etwa 20 Zentimeter ließ sich das Schuhband hin und her bewegen und rieb dabei am Kabelbinder. Das musste reichen! Abwechselnd zog sie mit dem Fuß und zog er mit der Hand. Mit der Hand ging das relativ leicht, aber Marias Fuß würde bald ermüden. Sie konnten nur hoffen. Immerhin war das Schuhband von Maria eines von diesen runden und relativ dünnen Bändern. Das war für diesen Zweck besser. Durch die Reibungswärme sollten die Plastikfesseln schmelzen. Hoffentlich wurden sie warm genug!

Kevin lachte, als er ihre Bewegungen sah. „Die Dinger sind zäh, da könnt ihr lange daran herumreißen."

Schneller als erwartet war der Kabelbinder durchgeschmolzen. Die Fessel von Maria ging einfacher, weil Julius die Hände bereits frei hatte.

Jetzt mussten sie Kevin zu fassen kriegen! Seinen Revolver würde er nur im Notfall einsetzen, das hatten sie vorhin nicht entsprechend berücksichtigt. Was immer er vorhatte, mit einem Loch im Bauch war jede Art von Unfall unglaubwürdig. Aber wie sollten sie ihn überrumpeln? Wenn er den Revolver weglegen würde, dann hätten sie eine Chance.

Kevin lief immer noch vor dem Abgrund auf und ab und blickte nach unten. Schließlich blieb er stehen, offenbar hatte er einen Entschluss gefasst. Er ging auf Pamela zu. „Schade, dass du mit deinen Nerven so fertig bist und dich deine Depressionen dazu gebracht haben, da hinunter zu springen. Wir wollten dir helfen, deine Freunde und ich. Dabei sind die beiden leider abgestürzt. Ich freilich auch, aber nur bis zu dem Baum da unten, und das macht einen wesentlichen Unterschied."

Das also war sein Plan!

Kevin ergriff Pamela, und im selben Augenblick standen Julius und Maria auf.

„Wie habt ihr das hingekriegt?" Kevin war ehrlich erstaunt.

„Du kannst nicht auf uns schießen, das passt mit der Unfallvariante nicht zusammen. Keine Chance, am besten, du lässt die Kanone fallen."

„Dann schlage ich euch mit einem Stein den Schädel ein."

Julius hatte sich gebückt und seinen Stock aufgehoben. „Dazu musst du uns erst erwischen. Das da ist zwar nicht mein gewohnter Kampfstock, sondern eine schwere Metallausführung, aber die ist für diesen Zweck nicht so schlecht."

„Und natürlich", fiel Maria ein, während sie sich in die Richtung bewegte, die dem Weg, den sie gekommen waren, gegenüberlag, „werden wir nicht in die gleiche Richtung laufen. Ich werde mich in den Wald begeben. Einer von uns wird jedenfalls durchkommen, und dann bist du geliefert." Mit diesen Worten hatte sie sich zu den Bäumen zurückgezogen. Selbst wenn Kevin doch schießen sollte, hatte sie gute Chancen, zwischen den dicht stehenden Bäumen Deckung zu finden.

Das Pfeifen kam unerwartet. Alle Augen richteten sich auf den Weg, der sie zu der Plattform geführt hatte. Mit fröhlichem Gesicht betrat Petra die Lichtung. Auf der Plattform blieb sie stehen und sah erstaunt um sich.

„Ah, auch Frühaufsteher?" Julius und Maria starrten sie fassungslos an. Ihr Auftritt war völlig irreal. Die Frau musste doch bemerkt haben, was sich hier abspielte, auch der Revolver von Kevin war nicht zu übersehen! Sie aber ging, hüftschwingend und wie bei einem Sonntagsspaziergang zu Pamela, ergriff ihre Hände und flüsterte ihr etwas ins Ohr.

Offenbar war sie gelaufen. Sie keuchte ein wenig, versuchte aber, es zu überspielen.

Petra ließ Pamelas Hände los und richtete sich langsam auf. Dann machte sie ein paar Schritte Richtung Kevin. Immer noch bewegte sie sich, als wäre alles ein gemütlicher Morgenspaziergang und weit und breit keine Gefahr zu bemerken. Aber sie ließ Kevin nicht aus den Augen.

„Bleib sofort stehen, oder ich schieße dir ein Loch in den Kopf! Du blöde Kuh hast mir gerade noch gefehlt. Ist aber egal. Du wirst mit den anderen in die Schlucht stürzen, beim vergeblichen Versuch, meine arme Frau zu retten."

„Aber wozu soll das gut sein? Was hat sie dir getan?"

Kevins Gesicht verzerrte sich. „Ihre Familie hat verdammt viel Geld, aber sie sind viel zu geizig, um mir etwas davon abzugeben. ‚Verdiene selbst etwas', haben die immer gesagt. Ihre Mutter war am schlimmsten, darum hat sie auch daran glauben müssen. Vor drei Jahren, bei einem Autounfall. Die Polizei hat aber Lunte gerochen und ihren Mann verdächtig. Falsch, aber ein Glück für mich. Vor ein paar Wochen hat mir Pamela gesagt, dass sie mich verdächtigt. Schlecht für sie. Aber sie hat es nicht anders gewollt. Ihr habt es nicht anders gewollt. Und jetzt seid ihr dran."

„Du hast Pamelas Mutter getötet?"

„So ist es, und mein Alibi hat mich einiges an Geld gekostet. Aber jetzt ist Schluss. Du gehst zuerst!"

Kevin hatte die Zähne zusammengebissen und ging auf Petra zu.

Diese wirkte völlig ungerührt. Mit dem Kopf deutete sie auf den Weg, den sie gekommen war.

„Ich bin unbewaffnet, aber die beiden dort haben ihre Gewehre mitgebracht."

Kevin fuhr herum. Für die Dauer einer Sekunde suchte sein Revolver das angekündigte Ziel zwischen den Bäumen. Noch bevor er erkennen konnte, dass er getäuscht worden war, traf Petras Fuß die Hand, in der er den Revolver hielt. In einem großen Bogen flog die Waffe in die Schlucht.

„Du verdammte Kröte", kreischte Kevin, sprang auf sie zu, bekam einen ihrer blonden Zöpfe zu fassen und riss daran. Offenbar wollte er sie auf diese Weise in den Abgrund stürzen.

Verdattert starrte er auf die Haarpracht in seiner Hand. Petras Haare waren eine Perücke. Darunter glänzte eine Glatze.

Julius und Maria wollten vorstürmen, aber etwas an den Bewegungen von Petra hinderten sie daran. Die Kellnerin schien zu tanzen.

„Komm nur", ertönte die tiefe Stimme eines Mannes.

„Der Mönch!", stieß Maria hervor und Julius nickte. Es waren die gleichen Bewegungen, deren Schatten sie an einem Vorhang ihres letzten Quartiers beobachtet hatten. Jede von ihnen tausende Male geübt, mit der Präzision eines Uhrwerks. Kevin schlug zu, offenbar war er ein geübter Boxer, seine Schläge kamen schnell und ungemein kräftig, aber sie gingen ins Leere, entweder, weil der Mönch ausweichen konnte oder weil er die Schläge mit einer kaum wahrnehmbaren Handbewegung an sich vorbeileitete. Kevins Kraft verpuffte, kein einziger seiner Fauststöße traf den Mönch, der mit ihm zu spielen schien.

Pamela saß am Boden und hatte die Hände zu Fäusten geballt, die sie vor ihrer Brust hielt. Sie starrte auf das Schauspiel und zitterte.

Der Mönch begann Kevin zu umkreisen. Dabei kam er dem Rand des Abgrundes gefährlich nahe. Julius und Maria hielten den Atem an, als er bei der dritten Runde fast das Gleichgewicht zu verlieren schien. Auch Kevin hatte es erkannt und wollte die Gelegenheit nützen. Er schnellte nach vor, um den Taumelnden in den Abgrund zu stoßen. Aber er stieß ins Leere. Der Mönch war unter seinem rechten Arm durchgetaucht. Er hatte Kevin nicht einmal berührt.

Kevin versuchte zu bremsen, aber der Schwung, gedacht, den Mönch in die Schlucht zu stoßen, war zu groß.

Sein Schrei schien kein Ende zu nehmen. Der Aufprall war nicht zu vernehmen, er wurde vom Brausen des Wassers verschluckt.

Der vermeintliche Mönch ging zu Pamela und hob sie in seine Arme. „Papa“, flüsterte sie. Pamelas Vater hatte offenbar Bärenkräfte. Ohne Schwierigkeit trug er seine Tochter den ganzen Weg bis zum Hotel.

„Wir haben Sie uns etwas anders vorgestellt", bemerkte Maria, kurz bevor sie in die Nähe der Herberge kamen.

Petras Vater nickte. „Das kann ich mir gut vorstellen. Und ich erkläre es Ihnen gerne, aber später. Jetzt möchte ich Sie dringend bitten, mich zu unterstützen. Ich bin bis auf Weiteres für die ganze Gruppe sowie für die Polizei die Petra, und was Sie gesehen haben, war ein Unfall. Sobald wir daheim sind, gehe ich zur Polizei. Dafür ersuche ich Sie um Ihre Zeugenaussage. Hier vor Ort ist es mit der Unfallversion einfacher. Immerhin stehe ich auf der Fahndungsliste." Er setzte sich seine Perücke auf und verwandelte sich wieder in Petra. Seine Tochter hatte er abgesetzt und stützte sie, während sie das letzte Stück zum Quartier hinkte.

„Das heißt, Sie kümmern sich als Petra um Ihre Tochter und ich erzähle der Reiseleiterin und den anderen von dem schrecklichen Unfall, der sich ereignet hat, als Kevin vor dem Abgrund ein Selfie machen wollte."

„Danke Julius, die Idee ist gut und unverfänglich. Ich bin froh, wenn Sie das übernehmen."

Pamela zeigte viel Selbstbeherrschung, es war ihr aber die Erschütterung anzusehen. Zwar hatte sie

Kevin des Mordes an ihrer Mutter verdächtigt, aber immer noch gehofft, dass sich alles aufklären würde und ihr Mann schuldlos war.

Es dauerte zwei Stunden, bis Pamelas Vater in die Gaststube kam, wo er sich mit Julius und Maria zusammensetzte. Seine Tochter war in ihrem Zimmer geblieben, er hatte ihr das Frühstück hinaufgebracht.

Sie hatten sich in der Gaststube eine Ecke ausgesucht, wo sie ungestört reden konnten. Zuvor hatten Julius und Maria den anderen beim Frühstück den Hergang des Unfalls mit dem Selfie bereits erzählt, mehrfach, sodass die Neugierde ihrer Mitreisenden weitgehend gestillt war. Pamelas Vater trug Perücke und Dirndl. Offenbar hatte er sich frisch geschminkt und vermutlich auch gründlich rasiert.

„Mein Name ist Peter, wir sind euch zu unendlichem Dank verpflichtet!" Pamelas Vater hatte sich versichert, dass ihn niemand hören konnte.

„Ich hatte so etwas geahnt, darum bin ich mitgefahren, aber ohne euch wäre ich vielleicht zu spät gekommen." Danach wiederholte er seine Bitte, der hiesigen Polizei die Unfallvariante und dann daheim den tatsächlichen Tathergang zu berichten. Vor allem war ihm wichtig, dass sie bezeugen würden, was Kevin vor seinem Absturz erzählt hatte. Damit würde er sich endlich von dem Tötungsverdacht reinwaschen können. Das Kevin auch noch auf das gekaufte Alibi hingewiesen hatte, sah er als großen Vorteil. Das Alibi war ein wesentliches Element im Prozess gewesen. Und wer das falsche Alibi bestätigt hatte, das wusste er.

„Kevin muss wahnsinnige Angst vor mir gehabt haben", stellte Peter fest. Julius und Maria konnten das nicht nachvollziehen, aber Pamelas Vater war sich sicher. „Er hatte einen Revolver mitgenommen und vermutlich die meiste Zeit bei sich getragen. Wofür soll er das Risiko eingegangen sein? Um sich gegen Pamela zu verteidigen, sicher nicht. Auch die anderen Reisenden waren keine Gefahr, und dass er vor irgendwelchen Überfällen Angst hatte, kann ich mir nicht vorstellen. Er muss tatsächlich mit meinem Auftauchen gerechnet haben. Ob er den Mann in Gjirokastër tatsächlich mit mir verwechselt hat, weiß ich nicht. Seine Angst vor mir war aber nicht gespielt."

„Sind Sie sonst einmal in seiner Nähe gewesen?"

„Die Frage ist naheliegend, aber mir war das Risiko zu hoch. Erst kurz vor der Reise habe ich ein Café besucht, in dem Kevin oft war. Ich musste ohnehin nach Wien, um mit der Gruppe abzufliegen, also habe ich mich ihm gegenüber in das Lokal gesetzt. Auch als Frau verkleidet, aber mit einer schwarzen Perücke."

„Wie sind sie auf die Idee mit der Kellnerin gekommen?“ Wieder war es Maria, die gefragt hatte.

„Die Schwarzhaarige war eine elegante ältere Dame. Schminktechnisch habe ich das gut hingekriegt, aber von den Bewegungen war das katastrophal. Auch war mein Körperbau viel zu derb, so bin ich auf die Idee mit der Heurigenkellnerin gekommen. Da konnte ich mich fast normal bewegen.“

„Und das Dirndl?“

„Es war klar, dass es ein typisches Frauenkleid sein musste, und ich wollte nicht mit einem ganzen Kleiderschrank unterwegs sein. Bei einem Dirndl ist es nicht ungewöhnlich, dass man es täglich trägt. Aber ich bin froh, wenn das vorbei ist. Ich kann es gar nicht erwarten, mich endlich wieder in einen freien Mann zurückzuverwandeln. Vor allem das Verstellen der Sprache strengt unglaublich an.“

Peter hatte leise gesprochen, mit einer sonoren Männerstimme, ohne eine Spur von Heiserkeit.

Die Polizei brauchte bis zum Nachmittag, um den langen Weg herzukommen. Die Erzählung von Julius, Maria, Pamela und ‚Petra' überzeugten die Beamten. Dass ein Ausländer betroffen war, verkomplizierte die Sache nicht wesentlich. Die Leiche von Kevin wurde dank der genauen Beschreibung des Absturzortes sehr schnell gefunden und konnte noch in der Nacht nach Tirana überführt werden. Weiter hatte man nicht gesucht. Julius war froh darüber. Hätte die Polizei den Revolver gefunden, wäre das nicht so einfach zu erklären gewesen.

Pamela, die junge Witwe, war von den Ereignissen gezeichnet. Sie würde Kevin in Tirana identifizieren müssen. Die österreichische Botschaft hatte angeboten, jemanden zu entsenden, der sie dabei unterstützen und als Übersetzer fungieren würde. Es gab einiges an Papierkram zu erledigen, aber auch dabei würden die Leute von der Botschaft in Tirana helfen. Sie vereinbarten, dass Julius sie begleiten würde. Als alter Beamter war er bestens geeignet und Peter musste sich aus guten Gründen im Hintergrund halten. Maria verabscheute alle Formen von Verwaltungsprozessen und Christine war glücklich, diesen Kelch an sich vorüberziehen zu sehen. Auch hatte diese Lösung den Vorteil, dass sie sich um die anderen Reisenden kümmern konnte.

„Das passt in die Gegend“, meinte Julius zu Maria. „Die geschworenen Jungfrauen, die als Männer auftreten müssen, in Wahrheit aber Frauen sind und eine resolute Heurigenwirtin, die eigentlich ein Mann ist und sehnsüchtig darauf wartet, sich endlich wieder zurückverwandeln zu können.“

Vor dem Schlafengehen bat sie Peter noch kurz in sein Zimmer, auch Pamela holte er dazu.

„Ich glaube, es gibt eine Menge Fragen, wir werden diese weder im Bus noch im Flugzeug in Ruhe und ungehört besprechen können, darum habe ich euch kurz hergebeten.“

Pamela saß neben ihm. Ihr Fuß war verbunden. „Nur eine Verstauchung“, meinte sie, „aber sobald wir in Wien sind, muss sicherheitshalber ein Röntgen angefertigt werden.“ Außer die Polizei hielte sie noch länger fest.

„Sie haben Ihren Vater nicht erkannt?“ Es war Maria, die gefragt hatte. Pamela schüttelte den Kopf.

„Irgendetwas an den Bewegungen ist mir bekannt vorgekommen. Aber mein Vater war, seit ich mich erinnern kann, recht dick, mit einem langen Bart und langen Haaren, ein richtiger Bär. Ich wäre nie auf die Idee gekommen, dass Petra in Wahrheit mein Vater sein könnte. Erst als er mich bei der Hand genommen hat, und mit seiner echten Stimme gesagt hat, ich bräuchte mir keine Sorgen zu machen, habe ich plötzlich verstanden, dass er es ist, und ich hatte fast keine Angst mehr. Wenn er es geschafft hat, im richtigen Moment hier zu sein, dann musste er auch wissen, was hier ablief."

Peter nickte. „Mein ursprüngliches Aussehen war natürlich die ideale Ausgangsposition, um von der Polizei unentdeckt zu bleiben. Es gab von mir nur diese Bärenfotos. Nachdem ich geflüchtet bin, weil ich gesehen habe, dass alle Indizien gegen mich sprechen – Kevin hatte da ganze Arbeit geleistet – bin ich drei Monate schwer krank gewesen. Dabei habe ich stark abgenommen. Das hat mich auf die Idee der Veränderung gebracht. Ich habe Kopf und Bart rasiert, weiter abgenommen und trainiert. Viel trainiert.

Das war im Süden Spaniens. In der Welt, in der ich dort lebte, hatte ich das ohnehin notwendig, um mir Respekt zu verschaffen. Und ich hatte eine unerwartete Begabung für japanische Kampfkünste. Ich, der friedliche Mensch! Das hat auch mein Trainer so gesehen, und mit mir weitaus mehr trainiert als mit meinen kampfeswütigen Kollegen. Das Milieu war ideal für mich, niemand interessierte sich dafür, wer ich war. Wenn ich einen Reisepass oder Ähnliches brauchte, war die Frage bloß: Auf welchen Namen und auf welches Geburtsdatum?“

„Aber woher wussten Sie, was Ihre Tochter macht?“

„Pamela hat eine Nachbarin, die heißt Eva und kommt ursprünglich aus Albanien. Eigentlich war sie es, die die beiden auf die Idee brachte, hierher zu fahren. Was Pamela nicht wissen durfte, war, dass ich mit Eva in Kontakt stand. Pamela musste mich ja für den Mörder ihrer Mutter halten, Kevin hat sie darin laufend bestätigt. Erst in den letzten Monaten sind ihr offenbar Zweifel gekommen.

Eva war sich hingegen von Anfang an sicher, dass ich es nicht gewesen sein konnte. Sie hatte Kevin nie gemocht und ihn sofort verdächtigt. Noch vor meiner Flucht, als die Untersuchungen begannen, hat sie mir zugesichert, ich könnte mich bei ihr jederzeit melden, ohne Gefahr zu laufen, verraten zu werden. Eva hatte ein klares Bild von Kevin, und das hat sich bestätigt. So nach etwa einem halben Jahr habe ich sie erstmals angerufen und seitdem sind wir heimlich in Kontakt geblieben. Nachdem sie bloß die Nachbarin meiner Tochter war, konnte ich bedenkenlos mit ihr telefonieren. Niemand wusste von unserem Kontakt, der sich erst mit den Wirren des Mordes an meiner Frau entwickelt hat.

Eva war für die Polizei unverdächtig. Sie hat mich auch ein paarmal in Spanien besucht. Ich wusste daher genau, was los war. Die Spannungen zwischen Pamela und Kevin sind gestiegen, und nachdem Pamela Interesse an der Destination gezeigt hat, hat Kevin dahingehend insistiert. Das war für Eva verdächtig, und sie hat mich überzeugt. Offenbar rechnete Kevin damit, dass sich eine günstige Gelegenheit ergeben würde, meine Tochter loszuwerden und dass der Fall für die hiesige Polizei kaum relevant sein würde."

„Und Sie werden in Zukunft einen großen Bogen um Albanien machen?"

„Nein, Julius, das ganz bestimmt nicht. Auch wenn ich diesmal das Land nicht wirklich genießen konnte. Sobald es möglich ist und alle Anschuldigungen geklärt sind, werde ich für einen langen Urlaub hierherkommen. Mit Eva, sie wird das sicher so einrichten können. Und ich hoffe, noch viel mehr von diesem interessanten Land zu sehen, als es diesmal der Fall war. Und Sie beide?"

„Wir werden auch wiederkommen. Ich werde Spinnen jagen und Julius wird seinen Klappfauteuil und einen Koffer mit Büchern mitnehmen. Dann werden wir ganz entspannt das Leben genießen. So wie es sich für Pensionisten gehört."

Den Abend verbrachte die Gruppe erwartungsgemäß in gedrückter Stimmung. Sie nahmen in Theth gemeinsam das Abendessen ein, nur Pamela hatte sich entschuldigt, was jeder verstand. ‚Petra' ging gleich nach dem Essen zu ihr, um sie etwas abzulenken.

Am nächsten Morgen fuhren sie zurück nach Tirana. Solange sie im Gebirge waren, blieb es glücklicherweise trocken, aber kaum hatten sie den Pass überquert, änderte sich das Wetter dem Anlass entsprechend. Der Himmel war grau und es regnete, zwar nicht stark, aber dafür ohne Unterbrechung. Am Nachmittag begleiteten Julius und ein Beamter des Außenamtes Pamela bei ihrem schwierigen Weg ins Leichenschauhaus zur Identifizierung ihres Gatten. Der Rest der Reisegruppe machte einen Spaziergang durch Tirana, aber niemand war mehr so richtig bei der Sache. Zu schwer wog der Schock der Ereignisse. Man schlug die Zeit tot bis zum Zeitpunkt des Abfluges am frühen Abend.

Epilog

Etwa drei Monate nach ihrer Rückkehr fanden die Teilnehmer der Reise einen Brief in ihrer Post. Er war von ihrer ehemaligen Reiseleiterin Christine, die ihnen ein Schreiben von Pamela weitergeleitet hatte. In diesem, an alle Reiseteilnehmer und an Arian gerichteten, Schreiben bedankte sie sich für die Anteilnahme. Sie schrieb, dass ihr der Gedanke, ihre Mitreisenden im Ungewissen zu lassen, unerträglich geworden war und erklärte kurz die verhängnisvollen Ereignisse, wobei sie den heldenhaften Einsatz von Maria und Julius für deren Geschmack etwas zu sehr betonte. Dank der Aussage der beiden war ihr Vater mittlerweile vollständig rehabilitiert worden. Dem Schreiben waren drei Fotos beigelegt, welche Pamela mit ihrem Vater zeigten. Eines war vor seiner Flucht aufgenommen worden. Maria sah es lange an. Er erinnerte darauf tatsächlich an einen Bären, und die Ähnlichkeit mit dem Typen in Gjirokastër war frappierend. Auch wenn es unwahrscheinlich war, ganz ausschließen konnten sie doch nicht, dass Kevin die beiden verwechselt haben konnte. Auf einem weiteren Bild war Petra alias Peter so zu sehen, wie ihn alle gekannt hatten, als Frau mit blonden Zöpfen. Dieses Bild war offenbar noch in Albanien aufgenommen worden. Ein drittes Foto zeigte Pamela strahlend mit ihrem Vater. Auf diesem Bild war Peter im Anzug und mit einer Glatze abgebildet. Hinter ihnen war ein großes und schon älteres Gebäude zu sehen. Dies war offenbar das Gericht, in dem ihr Vater kurz davor freigesprochen worden war.

Skizze von Albanien:

Reiseroute:

Tirana - Berat - Gjirokastër - Butrint - Himarë - Vlora - Durrës - Shkodër - Theth - Tirana

Glossar:

Debit: Körper- und alkoholreiche Weißweine in Dalmatien. Der Wein hat die Aromen grüner Früchte und ist sehr ertragreich. Der Name spielt darauf an, dass man mit dem Verkauf des Weines seine Schulden begleichen kann.

Enver Hoxha: Hoxha (geboren am 16. Oktober 1908 in Gjirokastra; gestorben am 11. April 1985 in Tirana) war ein kommunistischer albanischer Politiker und von 1944 bis 1985 der Diktator der Sozialistischen Volksrepublik Albanien.

Ikonostase: Die Ikonostase ist eine mit Ikonen geschmückte Wand mit meist drei Türen, die in orthodoxen Kirchenbauten den Raum für die Gläubigen vom Altarraum trennt.

Kanun: Altes und in den Bergen Nordalbaniens zum Teil immer noch angewandtes Gewohnheitsrecht. Die Anwendung der darauf basierenden Blutrache fordert immer noch Todesopfer. Dieses jahrhundertelang nur mündlich weitergegebene Recht dürfte bis ins Mittelalter zurückreichen.

Konoba: Restaurant in Wien. Eine Konoba (kroatisch Keller) ist ein kleines Restaurant in Kroatien (vor allem in Dalmatien).

Ménage à trois: Form der Polyamorie, Dreiecksverhältnis, Dreierbeziehung.

MJAFT!: (albanisch für „genug!") ist eine albanische Nichtregierungsorganisation, die sich eine Veränderung der politischen Kultur und Praxis des Landes zum Ziel gesetzt hat (Quelle Wikipedia).

Plavac: Autochtone Rotweinsorte des südlichen Kroatiens und der dortigen Inseln.

Raki: Damit werden am Balkan, in der Türkei und in Griechenland Schnäpse bezeichnet, die oft mit Anis versetzt sind (z. B. Ouzo). Der Raki, den wir in Albanien getrunken haben, war jedoch immer ein klarer Schnaps ohne Aniszugabe, der auf Basis von Weintrauben hergestellt wurde. Das

Slibowitz: Zwetschgenschnaps, Pflaumenschnaps

Tandler: Krämer

Travarica: Dalmatinischer Schnaps mit bitteren Kräutern. Der Name leitet sich von „trava", d. h. Gras ab. Ist der Travarica klar, wurden die Kräuter vor dem

Brennen, ist er grünlich oder gelblich, dann wurden sie nach dem Brennen hinzugefügt. Der Travarica kann sehr unterschiedlich schmecken, ist meist ziemlich bitter und wird auch als Medizin angesehen. Er wird von der lokalen Bevölkerung oft am Straßenrand verkauft

Literatur:

Die zugrunde liegenden Informationen stammen von einer Reise, in deren Verlauf ich alle namentlich genannten Orte besucht habe und die im Herbst 2019 stattgefunden hat. Die Bücher des Autors *Ismail Kadare* und der Autorin *Elvira Dones* habe ich erst anlässlich der Vorbereitung für dieses Reise kennengelernt. Gleiches gilt für die zitierten Seiten aus dem Internet.

Ivo Andric

Die Brücke über die Drina. Süddeutsche Zeitung Bibliothek München 2007 (Lizenzausgabe Carl Hanser Verlag München 1992)

Elvira Dones

Hana. Ink press Zürich. Dritte Auflage 2019

Ismail Kadare

Der zerrissene April. Fischer Taschenbuch, Frankfurt am Main 2003

Der Palast der Träume. Fischer Taschenbuch Frankfurt am Main 2005

Der Schandkasten. Fischer Taschenbuch, Frankfurt am Main 2014

Die Schleierkarawane. S. Fischer. Frankfurt am Main 2015

Chronik in Stein. Fischer Taschenbuch. Frankfurt am Main 2018

Die Verbannte. S. Fischer. Frankfurt am Main 2017

Carolin Emke

Im Wendekreis der Angst. Blutrache in Albanien. Artikel in „Die Zeit" 20.08.2009
https://www.zeit.de/2009/35/Albanien

Karl May

Durch das Land der Skipetaren. 1908. Ich habe das Buch, nachdem ich meine alte Donauland-Version nicht mehr besaß, als eBook nachgelesen. Allerdings war diese Version fehlerhaft, ich habe das eBook daher nicht genau zitiert.

Joachim Röhm

Eine deutschsprachige Zusammenstellung albanischer Literatur findet sich bei http://www.joachim-roehm.info/. Dort sind auch Textbeispiele zahlreicher albanischer Autorinnen und Autoren angeführt. Der

Betreiber dieser Webseite, *Joachim Röhm,* ist ein Kenner der albanischen Literatur und hat viele Bücher von *Ismail Kadare* ins Deutsche übersetzt. Die Seite enthält auch einige Aufsätze *Röhms* über die Entwicklung der albanischen Literatur.

Wilhelm R. Vogel

Biologe an der Universität Wien und danach 30 Jahre in der Umweltverwaltung tätig. Aufgewachsen in Baden, wohnhaft in Wien, verheiratet, zwei Kinder und zwei Enkelkinder. Hobbys: Lesen, Reisen und Kochen, später auch Schreiben. 2009 wurde die erste Kurzgeschichte veröffentlicht, 2018 folgte der erste Roman.

Weitere Bücher von Wilhelm R. Vogel

Der Lockruf des Pirols oder ein September im Leben des Julius Wondraschek. Roman. 2018 in Wien bei Buchschmiede erschienen.

Unerwartetes – Unsentimentalische Kurzgeschichten aus der zweiten Lebenshälfte. 2018 in Wien bei Buchschmiede erschienen.

Das ultimative Risotto und andere wichtige Dinge im Leben – Kurzgeschichten. 2019 in Wien bei Buchschmiede erschienen.

Der Puzzlespieler – Eine Kriminalerzählung. 2019 in Wien bei Buchschmiede erschienen.

Verschollen in Marrakesch oder Julius Wondraschek und die Freuden einer Gruppenreise. Ro-man. 2019 in Wien bei Buchschmiede erschienen.

Genauere Informationen finden Sie auf: www.wrvogel.eu